리타의 정원

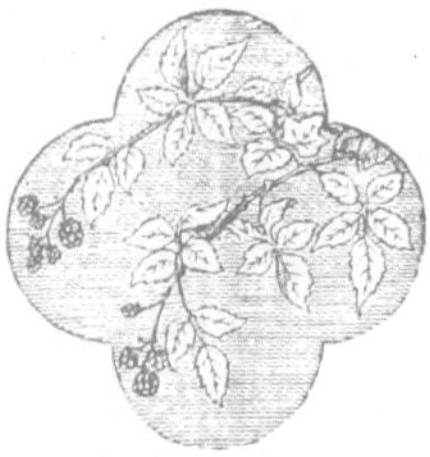

전생이 있다면 나는 풀이었는지도 몰라. 수풀을 먹으며 인간을 피해 꽃발로 걷던 겁먹은 노루였는지도 몰라. 달빛을 받고 고개를 서서히 드는 배꽃 같은 거나, 별들의 둥지를 지키던 새 같은 것. 그것도 아니면 기둥 위에 매달린 매미 같은 것. 내 영혼은 그 속에서만 늘 즐겁고 밝으니.

힘이 들 때는 사람들을 떠올리는 것보다 한 권의 책을 쓰다가 이내 서글퍼지는 것보다, 산책이 더 위로되기도 한다. 자연은 너 왜 그러냐고 의심하지도 않고, 다그치지도 않는다. 외면하지도, 나무라지도 않는다.

상처 주지 않는 친구들은 늘 자연뿐이니.

리타의 정원

새소리를 따라가다 보면 길을 잃을 것이에요.
거기에서부터 당신의 정원이 시작되는 거예요.

길을 잃는 것을 두려워하지 말아요.
잃고 난 자리에서 그 무언가를 찾아야만 해요.

꽃도 키우고, 염소도 키우고, 강아지도 키우고,
구름도 키우고, 나무도 자라나면

부르지 않아도 새들이 찾아올 거예요.
우리는 우리의 정원을 만들어가기로 해요.

자연이라는 처방전

자연으로의 산책은 언제나 벅차다. 나는 세상과 차단된 이 숲의 공간에 속해서야 서서히 메마른 자리를 메우는 심호흡을 느끼게 된다. 사람에 지쳐 퇴근할 때는 가까운 사람들과 통화를 하거나 만나는 것보다도 늘 수풀과 나무가 가득한 장소를 찾아 걸어갔다. 강이어도 좋고, 산이어도 좋다. 바다여도 좋고, 숲이어도 좋다. 자연의 심장부에 당도하고 나서야 부드럽고 촉촉한 심리를 되찾는다. 자연은 내게 늘 안정감을 주고 생명의 에너지를 불어넣어준다. 그들에게는 어떤 계획도, 공식도, 술수도 없다. 늘 받기만을 바라는 인간들 곁에서 그는 아낌없이 모든 걸 내어주는 부모와 같다. 내면의 소란스러운 자아는 한없이 베푸는 자연의 영향력 앞에서 아이처럼 이내 온순해지고 만다. 살아 있다는 느낌, 보호받는 느낌, 다시금 고요해지는 심장박동 소리. 자연은 나에게 유일한 특효약이다.

마음의 치유를 받기 위해 멀리 떠날 필요는 없다. 이 곁에선 애쓰지 않아도 되며 비용을 지불하지 않아도 된다. 문을 열고 한 걸음씩 나아간다면 도처에는 오래 기다렸다는 듯 반겨주는 자연이 분명 있을 것이다.

리타의 정원

눈을 뜨는 아침마다 밤이*와 나는 채비를 하고 나선다. 대문에서부터 골목을 몇 보 걸어 나오면 광장처럼 뻥 뚫린 공터가 있는데 대개 주민들은 광량이 충분한 이곳에 매일 모여든다. 태양 볕 따라 이동하며 공터 둘레의 벤치에 앉아 해거름 들 때까지 서로는 이야기를 나누거나 심심치 않은 시간을 보낸다. 나는 친근한 이웃들과 가벼운 인사를 나누고 곧장 마을 너머의 산으로 향한다.

봄이면 노랑딱새며 솔새가 반겨주고, 황매화가 밝게 웃고 있는 산의 진입로를 지나 청 단풍 군락지가 있는 숲을 향해 걷다 보면 왼편에는 오르막으로 올라가는 큰 흙길이 있고, 오른편으로는 비탈로 내려가는 좁은 오솔길이 있다. 그쯤 되면 우리의 발걸음은 더 빨라진다. 그 아래 우리만의 정원이 펼쳐지기 때문이다. (정원은 아니지만, 나는 이곳을 우리들만의 정원이라고 부른다.)

* 나의 가장 가까운 단짝이자 명랑한 우리 집 강아지.

산 너머로 이어지는 둘레길을 따라 간간이 지나가는 주민들 외에는 이곳은 늘 밤이와 나뿐이다. 산기슭이라고 하기엔 소담하지만, 그 내부엔 풍성하고 윤기 나는 피모를 지닌 용의 등을 연상케 하는 작지 않은 규모의 초지가 펼쳐져 있고, 가장자리에서부터 메타세쿼이아, 소나무 등의 건실한 나무들이 빙 둘러싸며 군락을 이룬다. 경사면으로부터 평지까지 버들과 벚나무 등 우리가 친근하게 볼 수 있는 나무들이 자리한다. 가운데에는 갈대와 부들이 사는 연못도 있다. 인공적으로 조성되었지만, 온화한 날에는 수련 등의 담수초를 보기도 한다.

해가 이곳 아름다운 정원을 지나 다음 마을로 넘어가기 전까지 나는 밤이와 놀거나 책을 읽거나, 사색한다. 대체로 가만히 앉아 시간을 보내고 온다. 나무들이 풍성해지는 계절이 오면 그들은 제 몸으로 방음벽을 이루어 세상의 소리가 우리를 공격하거나 침범하지 못하게 막아주기도 한다. 도심에 이런 곳이 있다는 것은 상당한 발견이고 놀라운 일이다.

이곳에 아직 방문한 친구는 없다. 이상하게도 우리 집에 놀러 온 친구들, 나를 보러 다녀온 지인들, 함께 산책을 약속하고 향하지만, 숲의 초입에도 못 미치고 사정이 생겨 돌아가거나, 해가 떨어져 발길을 돌리거나, 비가 세차게 내려 숲의 초입만 배회하다 돌아가곤 했다. 여러 연유로 아직 사람들은 이곳을 아무도 모른다.

간혹 재미있는 생각을 하곤 하는데 이 장소는 어쩌면 현실에는 없을지도 모른다. 밤이와 나만 사는 이곳 낙원에는 오로지 우리만 입장할 수 있는 문이 있는지도 모른다고 생각하기도 한다. 그래서 이 비밀스러운 공간이 내게는 더욱 특별하고 소중하게 느껴지곤 한다.
어느 날은 눈을 뜬 아침 문득 그런 생각도 드는데 꿈에서 깨어나면 정원이 완전히 사라지는 것은 아닐까, 그럴 땐 세수도 잊고 서둘러 문밖을 나선다. 매일 잘 있는지 확인하고 싶어 가는지도 모르겠다. 타인은 놀릴 수 있는 상상이지만, 이 정원이야말로 메마른 현실의 내가 가진 유일한 동화라는 생각도 든다.

만약 내게도 소중한 사람이 생긴다면, 내밀한 이 세계를 가장 먼저 보여주고 싶다. 그건 당신을 좋아한다, 는 고백과도 같은 것이다. 언제부터인가 나는 누군가와 이 숲을 같이 걷는 기대를 하곤 하는데 그런 일은 아직 일어나지 않았고, 점차 불가능에 가깝게 느껴질 뿐이다. 나를 만나고자 하는 사람들은 늘 있지만, 내 마음에 자리한 무엇을 알고자 하는 사람은 없었다. 그럴수록 나는 여기 없는 그 누군가가 매우 그리웠다.
(아, 한 친구가 있다. 나의 가장 소중한 이는 이곳을 나와 함께 걸었다. 유일하게 내 마음속으로 산책하기를 즐겨 하는 친구이다. 그래서 나는 그 친구에게 좋아하는 마음을 자주 고백하는지도 모른다.)

아무도 찾지 않는 곳, 아무도 모르는 곳, 이곳은 낙원이다. 이곳은 천국이고, 마음이다. 이곳은 내 전부이고, 내 삶이다. 나는 많은 시간을 이곳에서 보낸다. 이곳에서 사색하고, 밤이와 논다. 그리고 여분의 시간에 글을 쓴다.

이 책을 통해 산책길에 사유했던 내면을, 한 번도 발설한 적 없는 나의 속내를, 전부를 보여주고자 한다.

하나 더 고백하고 싶은 정원이 있다.
그건 유년의 비밀 정원이다.

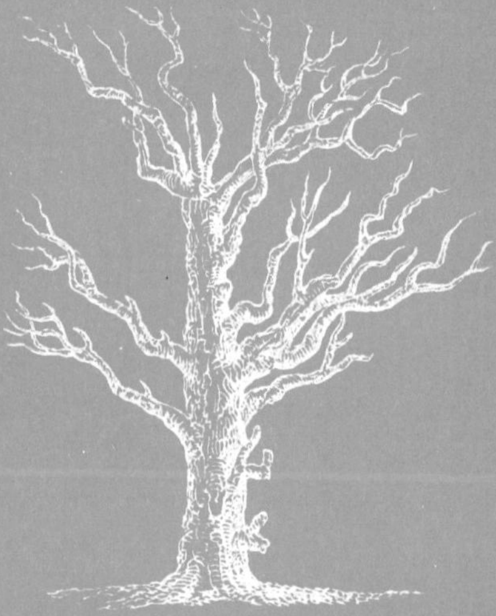

비밀의 정원

유년의 기억

비가 오면 어린아이처럼 시야가 뚫린 초원이나 아무도 없는 숲을 격렬히 뛰고 싶다는 생각을 매번 했다. 맨발로, 온몸이 다 젖도록 비를 맞고 웃으며 실컷 달리고 돌아와 따뜻한 물로 샤워를 하고선 세상에서 가장 맑은 표정으로 혼곤히 잠들고 싶다고 생각을 했다. 분명 어렸을 때 나는 동화책에서 혹은 영화 속에서 주인공이 벌판을 자유롭게 뛰노는 장면을 본 적이 있는데 그런 행복한 장면들은 내게 해방감을 주는 동시에 현실에 반항하고 싶은 자유 욕구를 불러일으키기도 했다. 그러나 현실 세계에서 그렇게 행동에 옮기기엔 쉽지 않은 모험같이 느껴진다.

무엇이 우리의 동화를 앗아갈까, 왜 우리는 순수성을 잃어갈까, 나는 어쩌다 이런 어른이 되어 있나, 가끔은 여러 생각에 잠기곤 한다.

어렸을 때부터 한 편의 이상을 찾기 위해 내가 원하는 방식의 삶만을 고수했다. 타인과 동떨어진 삶을 산다는 이유만으로도 매 하루 인간들과 투쟁해야 했다. 부모님, 선생님, 학교 친구들, 친인척들, 모두 내게는 무서운 가면을 쓴 그림자에 가까웠다. 나는 어렸을 때 상당히 보수적인 집안에서 자라났고, 그들의 욕구 기준치에 따라 타인의 삶에 길들여 살도록 강요받았다. 단어도 잘 쓰지 못하는 나이임에도 문제집과 교재들 때문에 책가방은 항상 어른의 것보다도 무거웠다.

수업을 마치기 전에 뛰쳐나오거나 도망쳐 나온 날에는 정말로 먼 길을 하염없이 걸었다. 어둑해지는 밤이 오면 자주 길을 잃었고, 마음 놓고 돌아갈 곳도 없었으므로 인적 없는 야산으로 올라가 혼자 있다 오곤 했다.

(어른들은 탈선이라고 했지만, 나는 생존의 의지에 가까운 몸부림이었다. 오래전 기억의 조각들을 조립해보면 어떤 경로로 그곳에 갔는지는 기억나지 않는다. 그래서 그 부분은 생략한 채 한 장면만을 쓰려 한다.)

하나의 기억이 깨어난다. 나는 눈보라가 내리치던 언덕에서 깊이 잠이 들어 있었다. 아니 의식을 잃었다는 표현이 더 정확하다. 누군가 뺨을 세게 때리는 듯했다. 살갗의 통증이 점차 느껴졌다. 온몸이 점차 밀물처럼 아리기 시작했다.
눈을 서서히 떴다. 흰 눈이 이불처럼 덮인 산은 유독 밝았다. 거기엔 아무도 없었다. 아무도. 누가 나를 깨운 것일까, 바람일까, 어떤 바람이 자꾸 살아라, 살라며 내 생을 깨우는 것일까. 나는 마른 고엽 더미에 기대어 있었다. 아니다. 어떤 무심한 직계가족의 방치된 무덤이었다. 내가 언제부터 여기 있었던 건지, 얼마나 오래 깊은 야산에 누워 있었던 것인지 도무지 알 수 없었다. 그러나 그날의 장면들을 생생히 기억해볼 때 나는 두렵거나 떨리지 않았고, 되려 편안한 둥지에서 보호받는 느낌이 들었다. 그 시절 무서움 따위는 내게 통증 밖의 일이었는지도 모른다. 나는 그 무엇을 능가할 정도로 생의 의문이 극심했다.

아무도 방문하지 않는 이곳이 나의 둥지이자 나의 무덤이었다. 저 아래 세상으로 되돌아가고 싶지 않았다. 이쯤에서 살고 싶다는 마음과 이쯤 죽어도 좋겠다는 양가감정이 공평하게 등을 맞대고 있었다. 나는 나의 보호색과 함께 인간의 동선이 닿지 않는 완전 무관심의 세계, 이곳 황량

한 수풀이 반기는 장소를 나는 혼자 돌아다니곤 했다. 얼어가는 손과 발을 비벼가면서, 터질 것처럼 아린 뺨을 만져가면서, 내가 내 몸을 비비며 녹여주던 긴긴 겨울을 오래 통과하곤 했다.

도심을 비추던 해가 붉은 옷깃을 끌며 사위어가고 있었다. 나는 내게서 더 멀리 떠나가는 것들을 이렇게 혼자서 바라보곤 했다. 나의 내력이 투시된 것들, 가령 노을, 달빛, 아무도 모르는 강가, 서로의 거죽을 비비는 억새, 그런 것만이 내게 생의 의지를 가져다줬다.

하늘 위로 무리를 이탈한 늙은 쇠오리 한 마리가 지나가고 있었다. 목청껏 마지막 울음을 터뜨리며 남은 생의 시간 속으로 몸을 던지고 있는 장면이었다. (그런 비밀의 세계를 수천 개쯤은 혼자 알았고, 그 속에서 나는 늘 혼자 생각에 잠기곤 했다.)

어쩌다 자연이 좋아졌는지 정확한 기원을 알 수는 없지만, 명확한 사실은 항상 억압하는 것은 인간이었고, 그들로 인해 최대치의 고통과 불안에 몸을 떨 때, 도망쳐 나온 장소마다 나를 위로해주는 것은 늘 자연뿐이었다.

생의 의지와 죽음이 동시다발적으로 엄습하는 사춘기 소녀, 삶의 큰 무게를 안고 다니기엔 나는 너무 어린 나이었고, 그것을 지속하거나 이해하기에도 너무 나약했다. 바람의 몸부림 속에서 침몰한 나비처럼 세상의 흐름에 줄곧 지배당할 뿐이었다. 이 질병에 대해 아무도 치료할 수 없었고, 조언받을 사람도 없었다. 증상을 발설할 수도 없었고, 설명할 수도 없었으며, 이해받을 수도 없었다. 어른들의 도움이 필요했지만, 그들은 늘 책상에 가지런히 앉으라고 나무랐고, 교과서 지문만을 소리 내어 읊으라고 윽박질렀다. 내가 할 수 있는 것은 수학 문제를 푸는 것, 책상에 앉아서 책을 읽는 것, 학원을 가는 것, 정도로 너무 제한적이었다.

삶의 공식을 내 손으로 풀 수 있다면 나는 밤을 새워서 공부할 의향이 있었으나 어떤 교과서 속에서도 그런 셈법은 찾아볼 수 없었다. 나는 학교 공부가 시시했다. 시시함을 넘은 도대체 알 수 없이 행해야 하는 어른들의 제압 방식에 경멸을 느꼈다. 세상은 항상 이상했고, 지혜로운 세상의 스승은 없었으며, 나는 어른들을 불신했다.

여전히 이 귓가에는 불필요한 말들만 오간다. 사람들이 즐겨 말하는 세상의 이야기는 나와 전혀 무관한 세계이다. 나는 그런 것에 도통 관심이 가지 않는다. 여전히 누군가와의 만남은 창살 속 감옥처럼 어둡다. 사춘기 이후로도 한참의 시간이 흘렀지만, 변함없이 나는 세상에 대항하며 내 방식의 삶을 고수해나가고 있다.

그 시절 나는 이미 여러 번 죽었으며, 여러 번 태어났다. 삶이 반복될수록 타인이 아닌 나를 살려는 마음이 점차 강해져갔다.
이 길을 막을 사람은 아무도 없다.
이제, 오랫동안 나를 위로했던 자연 속에서 단 하나의, 내 삶의 시간을 향유하며 맑은 마음으로 살고 싶다고 생각한다.

자연이 좋아서, 그저 자연이 좋아서, 그 속에서 원 없이 살아보고 싶어서, 아무 연고지도 없는 지리산 자락이 있는 섬진강변의 작은 마을에 귀촌했던 적이 있다.
거기서 나 홀로 4년 동안 감 농사를 짓고 살았다.
세상일도 모른 채, 아무도 모르게 나는, 자연만을 곁에 두고 살았었다.

기억의 정원

〈2011~2015〉

기억의 정원

차양을 때리는 빗줄기의 노래를 듣는 초우였다. 마치 세고비아의 통기타 연주를 듣는 듯했다. 누군가 흘리다 만 독백처럼 비가 내렸다. 적막의 시간과 함께 어느 풀잎 아래서 비를 피해 있었던 풀벌레 하나가 다음의 노래를 이어갈 듯하다. 나는 가만히 눈을 감고 눈을 뜬다. (눈을 감고도 눈을 뜰 수가 있다.) 눈꺼풀을 덮으면 내 집은 서서히 자전하며 시차를 과거로 돌려놓는다.

계족산 아래엔 몇 채의 집이 옹기종기 모여 있었다. 그중에 내가 살던 집은 마을의 가장 안쪽에 있었다. 섬진강이 여울지며 흐르는 물목에 가까웠다. 어스름이 오면 강가에 가 있곤 했다. 나는 터벅터벅 강변을 걸어 쇠비름이나 쑥 따위로 뒤덮인 폭신한 풀 등에 앉아 노래를 부르거나 가만히 앉아 있다 오곤 했다.

산에서부터 대문 앞까지 자욱이 차오르며 밀려오는 안개, 안개보다는 굵고 이슬비보다는 가는, 풀섶을 터벅터벅 밟으며 걸어오는 는개비, 그때의 것과 똑같은 촉감과 온도를 느낄 때 나는 시간과 공간을 생략한 채 한껏 젖은 과거가 되어도 좋다.

그날의 정원은 어디에 있을까. 갈 수도 없는, 그곳, 어디에서 나 없이도 생계를 꾸려나가는 걸까. 그날의 시간이 희미해질 때마다 약간의 아련한 향수에 잠기기도 한다. 나만 알았던, 나만 애썼던, 나만 살았으며 침묵과 함께 오랫동안 나만의 비밀이었던, 여전히 내면의 귀퉁이에서 맥동하고, 젖은 회상 위로 촉촉하게 빛나고 있는.

비가 내리거나, 어떤 계절의 온도가 살갗에 닿을 때, 혹은 산책을 하다가 일순간 어떤 풀 내음을 맡을 때, 감관은 재빠르게 아득한 과거의 통로를 지나 한 장면 앞에 데려다 놓는다. 여전히 눈을 감으면 나는 거기에 있고, 그 속에서 땀을 흘리던 내가 있고, 울었던 내가, 가만히 부는 바람을 맛보던 내가, 꽃향기에 취한 내가, 휘파람을 부르던 내가, 빗소리를 듣는 내가 있었다. 나는 오래 이날을 잊지 않고 살아갈 것이다. 그때의 기억, 기억이라기보다는 각인된 시간은 지면의 한 켠에서 영원히 독립적인 세계를 일구며 살아갈 것이다. 나는 마음속 내면의 무성한 정원에 어떤 지명을 붙여야 할까, 여전히 고민한다.

과거의 전원생활, 자연의 찬양과 사유, 그리고 현재까지 이어지는 도심 속의 숲, 산책, 지속적으로 가꾸고 있는 나의 마음의 정원을 이곳에 어떻게 고백해야 할까. 고민한다.

초봄

사슴뿔 같은 고목의 자태와 산천의 벗겨진 얼굴도, 가슬가슬 메마른 들판의 품도 봄바람이 스친 자리엔 초록이 물들고 살이 올랐다. 봄의 손길이 닿은 곳마다 생명이 되살아난다. 겨우내 움츠렸던 어깨를 펴고 햇볕을 쬐면, 빛들이 몸의 구석구석 언 세포들을 깨우며 혈관을 타고 돌았다. 자연의 혼이 바람을 일으켜 인간의 혼을 깨우는 기운이 생동하는 계절이었다.

아침 마당을 거닐면 눈가에는 꽃망울이 톡톡 터지기 시작하곤 했다. 붉은 치마를 입은 동백꽃이 허공에 까치발을 들었다. 처녀를 닮은 명자꽃이 사방에 개화하자 앞마당을 물들인 초록빛은 조금 더 균형을 찾았다. 돌담 벽 너머로 소녀 같은 조팝꽃도 나란히 피었다. 어디선가 아주 먼 곳에서 추위를 나던 벌들이 고향을 찾았다. 벌의 빠른 움직임이 이 봄이라는 화폭에 리듬감을 입히면 붉고 푸른 물감이 풀어져 있는 그림에 점묘법처럼 툭툭 찍혀 있는 민들레꽃. 하늘에 별들의 군무가 있다면 대지에는 민들레꽃이 화사한 봄을 완성해나갔다. 모두 제각각의 모습과, 빛깔과, 질감으로 봄의 붓질을 쉴 새 없이 하고 있었다.

삼월부터 나는 강변의 흙길과 마을의 초지를 걸으며 바빠지곤 했다. 이건 쓰니까 씀바귀, 이건 광대같이 생겨서 광대나물, 한 걸음 한 걸음마다 봄 인사를 나눴다. 미나리, 쑥부쟁이, 돌나물같이 키가 작은 식물들이 땅의 온기에 깨어나 점차 푸른 빛을 띠고 있었다.

중순이 되면 산간마을에서부터 노란 산수유꽃도 깨어났다. 높은 마을마다 노란 봄이 번졌다. 아랫마을 강변의 남쪽에는, 광양과 화개에서부터 우리 마을까지 희고 고운 매화꽃 잔치가 펼쳐지기 시작했다. 봄마다 내 눈동자는 더욱 반짝였다. 온갖 꽃들이 터지며 지천에서 장관을 이뤘기 때문이다.

매화꽃을 보러 옆 마을 광양에 나들이하러 가고, 또 매화가 지면 벚꽃을 보러 화개장터에서 섬진강을 따라 걷기도 했다. 그사이 벌판엔 이팝꽃이 햇볕에 잘 튀긴 팝콘처럼 열려 있었다. 꽃을 헤치며 걸을 때면 나는 자주 이 봄이 나를 위한 무대같이 느껴졌다. 그 곁에서 늘 외롭지 않았고, 어리고 활발한 동물들처럼 여기저기 뛰어다니는 나날을 보내곤 하였다.

변화하는 그림

마당 감나무 가지 끝에 빼꼼히 올라온 잎사귀, 아직 잠에서 덜 깬 연녹색 어린잎들, 가지에 동박새가 와서 앉아 있었다. 사철 우리 집 마당은 새들이 숨바꼭질하며 놀기 좋은 놀이터였다. 제 길 가던 나그네 바람도 나뭇가지에 매달려 한참을 놀다 가곤 했다.
이 정원은 살아 있는 생명의 모든 일터인 동시에 쉼터이기도 하였다.

나무는 따지 않는 열매가 많아 늘 새들로 가득 찼다. 동박새 무리가 마당의 씨알을 챙겨 물고 높은 단조로 아침을 깨우고 지나가면, 참새 떼가 찾아와 마른 지푸라기를 부지런히 찾았다. 길게 정좌한 지리산 능선을 앞에 두고 새 떼를 내려다보고 있는 구름도 있었다.

가만히 새들을 관찰하면 다다른 무리의 세 떼의 이동 경로나 방문 시간도 알 수 있었다. 갓 태어나 날개가 펴지지 않은 아기 새들이 어미를 따라 일렬로 걸으며 세상을 연습했고, 한철이 지나면 멋지게 활공해 돌아오곤 했다. 그 모든 풍경은 오로지 나만 아는 나만의 것이었고, 오로지 나를 위해 상영되는 극장이었다.

가만히 명상하듯 자연 속에 녹아들어 매 순간 변화하는 그림들을 바라보고 있으면 사는 게 지루할 여념 없이 빠르게 변화하고 신비롭고 새롭다. 자연을 마주할 때면 글을 쓰는 일이 무의미해진다.

같은 풍경은 없다. 같은 자리에 앉아 같은 차를 마시며 대면하는 마음은 단 한 번도 같은 적이 없다. 매 하루 새로이 태어나 본연의 일과를 다하며 사시사철 변화하는 자연처럼 나도 차분하게 오늘을 살고 싶다.

밤하늘의 별빛들

좌측 오봉 산자락에 깊은 밤이 내려앉았다. 능선 옆구리로 사성암 불빛이 켜지고, 그 뒤로 노고단 정상의 불빛 너머 수많은 별, 별 너머의 수많은 별, 사이로 달의 손톱이 예리하게 어둠을 벗기고 있었다. 완전한 적막 속에 놓여 있던 순간이 좋아서 고독과 외로움 따위는 내게 중요하지 않았다. 오랫동안 내 마음의 길을 인도하며 달래주는 것은 저것들뿐이었으니까.

일곱 살 때 친구네 옥상에서 바라본 신비한 별, 사춘기 때 집 나와 찾아간 뒷산 언덕에 번져 흔들리던 별, 대학에 붙은 날 밤 홀로 바라본 별, 간절한 꿈 곁에 오래 바라본 밤하늘, 대학 시절 술에 취해 골목을 누비던 어지럽던 별, 유학했던 이방의 나라에선 고흐의 그림 같던 별, 당신과 헤어진 날의 별, 모로코 사하라 사막에서 혹은, 세르비아 집시 마을에서 춤을 추던 별, 혹은 인도 보드가야에서 명상하는 별, 네팔 페와 호수 속에 깊이 잠든 별, 그리고 섬진강물의 조약돌처럼 조잘조잘 반짝이던 별, 어디든 동행했던 별 무리.

밤마다 한갓진 숲과 동산에 오르면, 이제는 제법 여유롭게 안부를 주고받는 별들, 언제 어디서든 한결같이 지켜봐주던 동행자들.

모든 빛나는 것들은 저렇게 망망대해와 험준한 고개를 넘어온다. 모든 빛나는 것들을 보기 위해 나 역시 막막 심산과 고난을 넘어왔다.

서로가 서로를 알아보는 마음이 모두 잠든 밤하늘 위로 아롱대며 빛이 났다. 발끝만 보며 걸어왔던 지난날을 일으켜 세우고 고개를 들면, 눈물이라 쓰고 싶은 것들. 어두웠기에 더 영롱한 삶의 광채들.

매 순간 인간의 손으로 지어지지 않은 것들을 유심히 바라보라. 하나의 산, 하나의 별, 구불거리는 강줄기. 그곳에서 지혜와 인내가 너에게 찾아오리니 그리고 무엇보다 이 세상에 혼자가 아니라는 확신이.

- 시드니 레베트

쑥차

빛이 골고루 내리는 초봄이었다. 마을의 길섶에도 봄이 들었고, 쑥대가 해끔하게 올라왔다. 마당의 쑥보다 향취가 짙고 탐스러웠다. 쑥차를 만들기 위해 연하고 어린 잎줄기 위주로 뜯다 보면 어느새 한 소쿠리가 가득했다. 캐어 온 쑥을 깨끗이 씻으면, 서너 시간이 훌쩍 지나가곤 했다.

씻어 말린 쑥을 찜통에 한 번 찌고 나서 기름이 잘 먹은 무쇠 가마에 덖는 작업을 하게 된다. 덖으며 손바닥으로 쑥을 계속 비벼줘야 한다. 오래 비비다 보면 어느새 쑥 향이 톡톡 터져 올라온다. 그렇게 덖고 또 말리기를 일주일 더 하면 차가 완성된다.

차 만드는 방법을 정확히 알지 못하고 차 맛의 품격을 알지 못하지만, 그저 좋아하는 것을 만드는 노고 이후의 차의 풍미는 더 특별하게 다가왔다. 차의 맛을 좌우하는 것은 방법이 아니라 정성과 마음이니 찻잎을 우려서 한 잔 마시면 정신이 깨어나 맑게 정화함을 느꼈다.

생각들을 비워내면서 점점 커지는 마음을 본다. 차를 마신다. 마음의 여유를 가지고 가만히 침묵에 귀 기울이고 보면 이대로 시간이 흘러가는 게 보이는 듯하고, 차분히 만져지는 것 같기도 하다. 차의 맛은 깊은 산정에 둘러싸여 있는 해 질 녘 풍경의 고요한 호수 같고, 차를 마실 때의 느낌은 그 호수를 가르는, 한가로이 유영하는 한 마리의 물고기 같다.

그러나 이 평화는 모두에게 그저 주어지는 것은 아닌 듯하다. 고요는 숱한 우여곡절과 인고의 시간 끝에 얻을 수 있는 정신적인 산물인 듯하다. 호수 속으로 들어가기 위해 물고기는 작은 우물을 탈출해 거친 물살을 가르고 수만 리 먼 길을 헤엄쳤을지도 모른다. 낯선 풍경 속에서 이따금씩 외로웠으며 그리고 어떤 물가에선 남몰래 눈물 흘렸을지도 모른다.

그렇게 인생이라는 것은 알 수 없는 회오리를 따라 마음을 찾아가는 여정. 그건 자연스러운 귀소본능일지도 모르고, 냉혹한 세상으로부터의 저항일지도, 자신의 혁명일지도 모른다.
수면 위로 따사로운 햇볕과 물장구치는 바람의 유혹을 견디고 수심의 깊이에 닿을 때만이 느낄 수 있는 적요의 세계, 안으로 안으로 더 깊숙이 침잠하며 더는 물길이 흐르지 않는 심중에서 마주한 고독, 이런 것들을 참고 당도해야 하는 세계가 있다는 신념으로, 떠밀려 가는 물줄기를 역류해 끊임없이 나아간다. 그러다 어느 날 문득 깨닫게 되는 것이다. 이제 더 이상 나를 휘두르는 물살이 없다는 것을.

그 심중에 다가가 차를 마시고 있으면 어떤 메아리가 들린다. 메아리를 듣고 있을 때면 어느 봄날, 깊은 산정의 안개 낀 호수가 떠오르고, 정지한 물살 속에서 쉬고 있는 한 마리의 물고기가 떠오른다.

초봄부터 온갖 키 큰 나무에서 노닐던 직박구리 새 떼들이 요즘은 잘 보이지 않는다. 돌 담벽 너머로 오가는 딱새는 매번 저 혼자 논다. 어치는 서서히 몸을 키우는 감잎 뒤에 숨어서 바람 소리를 흉내 내고 있었다.

물기를 빨아 마시고 윤택해진 풀밭에서 나비 한 마리도 허기를 채우고 있었다. 한 송이의 패랭이꽃을 흉내 내는 것 같기도 했다. 앙상했던 감나무 위로 햇살이 기어올랐다. 바람이 불 때마다 잎새에 빛이 산란했다. 그들은 저마다 다양한 각도로 햇빛을 충전하고 있었다.

새들의 의지

손바닥만 한 텃새들은 한겨울 매서운 삭풍을 견뎌내고 살아남았고, 철새들은 고비를 넘어 이곳 정원에 도착하였다. 더러는 굶주림을 못 버텨 죽었고, 더러는 병들어 죽었을 것이다.

새 소리를 따라 걷다 보면 중국 사할린에 가 닿기도 하고, 인간이 모르는, 아름다운 숲에 당도한 기분도 든다. 주먹만 한 나그네새들이 겨울엔 동남아시아와 인도, 중국 일대에서부터 방랑을 하고 봄을 찾아 이곳 섬진강 일대와 나의 작은 정원으로 돌아오곤 했다.

막 도착한 이들은 우렁차게 울며 내게 세상의 이야기를 들려주곤 했다. 새들의 소리가 깊고 맑은 이유는 어쩌면 작은 눈으로 보았을, 내가 상상할 수도 없는 큰 세상이 주먹만 한 몸속에 가득 담겨 있기 때문이라고 믿었다.

새들은 태양의 위치를 기반으로 방위를 아는 본능이 있어 이동 시기가 되면 이동 충동을 느낀다고 한다. 때가 되면 일정 방향으로 태양의 머리를 향해 퍼덕이는 것이다.
살아 있는 생물에겐 비슷한 무엇이 있다. 빛을 향해 머리를 내밀며 비상하는 새들, 회유하는 물고기들, 일제히 높은 곳으로 수승水昇 하는 식물들, 지상의 생명이 겨우내 움츠려 있다가도 대지의 중력을 거슬러 혁명을 하는 것이다.

나는, 도대체 어떤 방향으로 퍼덕이고 있는 것인가.
다시금 인간의 고민 속으로 들어온다.

실내에서 편안히 겨울을 나는 저들보다 수십 배나 큰 인간임에도 한겨울의 추위가 고되어 울고 싶을 때도 있었다. 작은 일만으로도 쉽게 좌절하곤 했다. 그러나 가만히 귀를 열고 새소리를 들으면 그의 노래가 내 안의 추운 계절을 녹여 온기를 전도하는 것도 같다. 비로소 마음엔 봄이 깨어나고, 나는 서서히 고개를 들어보는 것이다.

새의 이동은 날개의 역량이 아니다.

날개는 단지 새들이 그 무엇의 충동에 이끌려 태양의 중심을 향하도록 작동하기 위함이다. 수만 번의 날갯짓만으로는 끝없이 펼쳐진 망망대해를 가를 수 없다. 분명 저 주먹만 한 생명에게도 날갯짓을 유도하는 어떤 강한 원력과 의지가 있다.

그 힘이 날개를 써 대서양을 가르고, 사할린을 건너고 혹한에도 살아가도록 한다. 저 작은 새에게 깃든 힘의 원료가 정말로 궁금하다. 강하게 삶을 살아가도록 하는 영혼이.

달의 힘

달빛이 방 안을 가득 밝혔다. 섬진강 맞은편 오산과 매봉, 검푸른 산의 골세骨勢로 잘 익은 보름달이 기상하고 있었다. 충만한 달의 기운이 이불을 덮고 드러누운 내 이마 위로 떨어져내렸다. 하늘의 정수리가 은근히 빛났다. 나는 이상하게도 환하고 둥근 달만 보면 가슴이 뛴다. 너무나 매혹적이어서 내 내부의 세계가 저 빛 속으로 빨려들 것 같았다. 암흑의 길고 긴 터널 속에서 바라본 듯한 빛의 착시. 방 안을 맴돌다가 홀리듯 일어나 자리를 박차고 옥상을 올라가면 누워 있는 한 사람을 일으켜 세우며 인도하는 저 달의 힘.

얼른 일어나 수동카메라와 디지털카메라를 가지고 옥상에 올라 사진을 찍어본다. 번갈아가며 아무리 셔터를 눌러도 은밀하고 내밀한 달의 기운을 포착할 수가 없었다. 밤하늘의 깊은 색감을 정성 들여 잡아내려 하여도 전혀 잡히지 않는 것이다.

너무 아쉽고 애틋한 장면이라서 그저 가만히 서서 달의 감광을 마음의 공간에 새길 수밖에 없었다. 아무리 기술이 좋아졌다고 한들 눈으로 바라보는 색감, 그리고 그 풍경에 덧입힌 감정과 분위기까지 잡아낼 수 있는 카메라는 마음 하나밖에 없는 듯했다.
달의 빛이 지상에 내려와 은은한 이불이 되어줬다. 들판의 어떤 꽃은 저 빛으로도 붉게 익어갈 것 같았다.

바다가 해수면을 끌어당기듯, 달의 중력이 나를 작용하는 듯했다. 나는 달빛의 줄다리기를 강하게 느꼈다. 달이 만약 존재하지 않는다면 지구는 하루에 일곱 바퀴를 도느라 차분히 사색할 겨를도, 사랑할 여유도 없었을 것이다. 이토록 우리가 차분한 고요 속에 거닐 수 있는 건 저것 때문이다. 그 오묘한 장력이, 청명하고 어두운 밤에 포착되었다. 달은 더 이상 커질 수 없을 만큼 부풀었고, 등을 굽힌 채 잠이든 살아 있는 짐승들이 서서히 고개를 들 것도 같았다. 산수의 모든 넋에도 윤곽이 생길 것 같았다. 한순간 온 힘으로 나를 만나준 달은 세상을 한번 둘러보고는 먼 길을 순례하는 성자처럼 또다시 서서히 누군가의 머리 위로 북상하고 있었다.

저마다의 생태

모종을 심기 위해 밭두렁을 정비하는 시기가 왔다. 모종을 심으려면 일주일이나 열흘 전에 잡초를 제거하고 거름을 섞어 넣고, 흙을 뒤집어 땅을 미리 정비해놓아야 한다. 작물을 심을 이랑의 구역을 정하고, 습지를 좋아하는 야채와 석회를 좋아하는 식물도 분리해야 했다.
텃밭의 그림을 그리고 일조량을 판단하여 땅을 구획한다. 삽으로 흙을 퍼 고랑을 내기도 하고, 손바닥으로 흙을 두드리며 오이며 가지, 고추, 토마토와 깻잎 그리고 고구마, 땅콩, 호박과 수박, 참외 등을 모종 나는 시기에 맞춰 늦지 않게 심는다. 나머지 시간에는 얼마나 탐스러운 야채가 열릴지 기다려보는 것이다.

사람도 식물과 마찬가지라는 생각이 든다. 수분을 많이 필요로 하는 식물이나 건조한 환경을 좋아하는 식물, 그리고 광선을 많이 받는 식물과 음지를 좋아하는 식물, 저마다의 환경 속에서 잘 자라는 식물이 있다. 다 다른 태생과 생태 속에서 서로가 강요하지 않고 제 환경에 잘 부합하는 조건이 될 때, 개체마다 더 좋은 결실을 보는 것이다.
적합한 생리는 양질의 삶을 이룬다. 저마다 자신에게 잘 맞는 환경이 있다. 새의 생태가, 고양이와 개, 그리고 천차만별로 살아가는 사람들의 생태가 다 그렇다.

나의 그릇된 관심이 상대에게는 고통과 부담일 수도 있으며 내가 강요하는 정답이 상대의 발전에 장애가 될 수도 있다는 것을 알아야 한다. 살아 있는 모든 것은 저마다의 생태가 있다.

다친 새 한 마리가 땅에 떨어져 있었으나 안타까운 마음에 손으로 보듬어주고 안아주고 곁에서 키운다면, 너무 예쁘고 안쓰럽다며 그 새를 자꾸만 만지면, 그 새는 그 환경에 적응하지 못하고 죽을 것이다. 나의 관심이 누군가를 향할 때 욕심이 될 수도 있다. 잘해줬는데 대응이 섭섭하다는 마음도 집착이고 욕심 아닐까. 진정한 이해와 사랑이란 상대의 생태와 환경을 이해하는 것이고, 그 삶이 되어보는 것이고, 그것이 상대를 위한 것이다. 지혜는 늘 자연 속에 있다. 정답이 없으며 획일화되지 않는 개성으로 제 할 일에 충실히 할 때, 욕심 없이 상생함으로써 각자의 역할을 잘해나가며 조화를 이룰 때, 비로소 세상의 모든 것은 자연스러워진다.

봄의 향연

허공으로 돌아난 나무줄기에서도 연둣빛 가지가 올라왔다. 그 끝에도 꽃봉오리가 밀려 나오고 있었다. 겨울잠 자던 지천의 식물들이 오래 벼르고 기다렸다는 듯 후회 없이 녹음을 뱉고 있었다. 그것을 보고 있으면 내게 계속 말을 거는 것 같았다. 나무와 나의 대화 사이로 새들이 끼어들기도 하고, 서로 한패가 되어 노래를 부르기도 했다. 이 곁에 바람이 그냥 지나칠 수는 없어서 우리는 박자에 맞춰 춤을 췄다. 우리 집 정원은 봄의 향연이 계속되는 무도회장 같았다. 봄의 세력이 기세등등한 나날이었다.

자연의 악장을 듣는다. 들리지 않음으로써 듣게 된다. 부르지 않음으로써 느끼게 된다. 이 고요와 평온이 얼마나 지상을 떨리게 하는지, 가만히 앉아 느껴보지 못하는 인간에게는 보이지도, 들리지도 않는 세상도 있다.

자연이 말을 걸면 나는 그들의 서사를 번역했다. 그사이 모란이 지고, 맞은편으로 작약꽃 무리가 기상을 준비했다. 명자꽃이 긴 잠에 들면, 옆에서 노란 장미의 꽃대가 다음 무대를 준비했다.

꽃과 나무는 제 몸이 심장일지도 모른다 생각했다.
그게 아니라면 이토록 나를 가까이에서 설레게 할 수 없다.

마을 초지를 지나 마을의 변방으로 빙 돌아, 드문드문 흰 살점을 띠는 찔레꽃, 왕벚나무 위에 앉아 목탁을 치는 딱따구리, 강 건너 고택, 탱자나무 담벼락 안에서 눈 마주친 누렁이, 신촌리와 원방리를 잇는 논길에는 밤새워 노래를 부르는 개구리들. 그리고 다음 계절에 불어오는 바람, 쇠똥 냄새 가득한 과수원, 옆집 뜰에선 풀 태우는 냄새, 밤나무꽃 향, 강변의 물안개, 젖은 땅에서 올라오는 맛있는 흙내음, 그리고 감나무 위에 내려앉은 첫눈, 아무도 걷지 않은 흰 설원 위, 짙은 어둠 속에서도 보이는 것들. 소리 같은 것. 향기 같은 것. 마음 같은 것. 현묘하고 자세한 밤이었다.

개구리 울음소리

늦은 밤, 논틀길을 따라 걸으면 개구리 울음소리가 옆 마을까지 울리곤 했다. 귀청을 때리는 이곳은 그들의 집회 장소 같았다. 그러면 장난기 발동한 나는 맞불을 놓는 것이다. 손에 든 플래시를 논에 비추자 소문을 듣고 긴급 모의를 끝낸 수만 마리의 개구리들이 동시에 울음을 멈췄다. 빛이 닿자 세상의 모든 개구리 소리가 멈추고 고요해졌다. 갑자기 찾아든 침묵 속에 '이야, 무슨 일이 벌어진 거야.' 나는 너무 재미있었다. 합주를 하는 오케스트라 단원들도 지휘자의 손짓에 이렇게 빨리 반응하지는 못할 것 같았다. 그리고 깊은 적요. 어디에서도 소리가 들리지 않았고, 어둠은 깊었다.

플래시를 끄고 스무 걸음 정도 걸어가자 숨죽인 개구리들이 다시금 우렁차게 소리를 지르는 것이다. 저 멀리에서부터 가까이, 더 크게 더 크게, 온 세상을 향해 울었다. 그 시간에서 한참 멀어진 지금에서도 불을 끄고 누우면 그들은 선명한 소리가 들렸다. 이 곡은 도통 끝나지 않는다. 울음은 제 몸보다도 오래 살고, 나보다도 오래 산다.

잡초와의 전쟁

개구리와 매미 소리는 높이 솟아오른 보리수 아래에도 그득했다. 화창한 여름이었다. 아침, 눈을 뜨면 잡풀이 한 자씩 자라 있었다. 눈을 뜨면 나는 소쿠리를 챙겨 마당에 달려 나가 아침의 양식을 따 오는 것으로 하루를 시작했다. 간단히 식사를 하고 나면 무장을 했다. 장화를 신고 목장갑을 낀다. 삿갓처럼 챙이 너른 모자를 쓰고 장비를 든다. 키가 한 자 커버린 풀들, 거칠 것 없는 저, 푸른 세력들. 나는 마당의 풀들을 가르마 타듯 밟으며 길을 내거나, 호미질을 하거나, 예초기를 들고 나가 바짝 잡풀을 베었다. 잘라도 뽑아도 열흘이 지나면 늘 기세등등한 군사들처럼 다시 발목을 덮쳤다. 그렇게 나는 매일 여름 풀과 전쟁을 했다.
옆집 담장을 타고 넘는 칡덩굴과 줄다리기를 하거나 키가 나만큼 높이 커버린 명아주의 뿌리를 캐느라 얼굴이 자주 달아오르곤 했다. 자연은 고요하지만, 그 세력은 거대하고 인간이 통제할 수 없는 종류의 것이었다. 저들의 생명력에 당해낼 재간이 없었다. 어느새 담벽 너머 옆집 앞마당까지 제 영역을 확보하는 것이다. 이렇게 강하고 몰입적인 생의 의지는 인간에게서는 본 적이 없었다.

베이고 잘린 풀들에서 강한 풀 내음이 났다.
그것이 자기 혁명 아니고 무엇일까.
인간이 들을 수 없는 비명, 혹은, 혁명.
여린 것들의 생명은 쉬 죽지도 않고 다시 자라난다.
다시 잘려 나가더라도
생명은 무기보다 강하고 풀들은 나를 이긴다.

한낮 매미가 목청껏 우는 오후였다. 울다가 지치다가
하나의 몸짓으로 떨어져내려도 의지할 것은 제 몸뿐이라,
매미는 울음을 붙잡고 떨어진다.
맴맴 원 없이 운다.
어떤 방식으로 이 울음을 이어갈까 고민해보는 요즘이다.

그렇게 아무도 모르는 그날의 매미는
한철밖에 버티지 못한다는 걸 알면서도
최선을 다해 울었을 것이다.

매미에게는 변해버린 계절을 탓하기보다는
울어보는 것이 중요한 까닭에.
우는 일. 죽는 순간까지 우는 일.
아마 나도 그런 일을 하고 있는지도 모른다.

무모한 줄 알면서도 하는 일.
손가락질받을 줄 알면서도 개척하는 일.
인간 곁에서 일말의 온기를 끝끝내 놓지 않고 살아가는 일.
남들보다 더 커다란 마음의 집을 가지고 살아내는 일.
이 모두 나의 일.
그리고 그 모든 걸 기록하는 일.

혁명: 불가능을 포기하지 않는 것.
그런 것을 아마 나는 이번 생에서 하겠지.
목숨껏 울어야겠지.
나 자신에게만큼은 그리 당당할 것이다.

건초 태우기

한 해의 절반을 잡초 뽑는 일만 하곤 했다. 잡초를 뽑아내어 담벼락에 쌓아두거나 마당 가득 넝쿨이며 고엽 따위를 나무 아래 덮어두기도 했다. 마을 어른들은 짚 풀로 나무 아래 땅을 덮어주곤 했다. 땅이 얼지 않으면서도 빛을 막아주어 봄 마당에 잡초 씨앗이 자라지 않게 하는 것이다. 썩은 풀들은 다시금 흙으로 돌아가 토양을 비옥하게 한다. 이상하게도 나는 마당을 자연히 내버려두지는 못한다. 눈앞에 깨끗하고 정갈하게 정돈하지 않고서는 못 배기는 한심한 인간이라 결국 일을 벌이는 것이다. 구석구석에 마른 땅을 뒤덮던 짚이며 고엽을 끌개로 끌어온다. 마당 한가운데로 모아놓으면 그것은 봉긋 언덕을 이루었다. 텅 빈, 녹슨 드럼통을 창고에서 가져 나온다. 바람 한 점 없는 날엔 그렇게 지난겨울 동안 묵은 건초 가리를 태우곤 했다. 한 해를 정리하듯 마음을 가볍게 하기 위해 그 앞에 쭈그리고 앉아 풀들을 태우고 태웠다. 작년 가을에 툭툭 떨어진 마른 낙엽이 매운 향을 풍기며 느릿느릿 소멸하고 있었다.

목장갑은 재가 묻어 시커멓게 변색하였고, 그 손으로 얼굴이며 땀이 송글 맺혀 있는 목덜미도 닦다 보면 코밑이며 볼이며 얼굴이 검게 그을리기 일쑤였다. 집에 들어와 거울을 보면 정말 바보 같은 인간의 얼굴이었다. 그러나 해야 한다. 비밀 일기장을 몰래 태우던 사춘기 때의 어떤 날처럼 묵은 기억과 오래 묵힌 마음의 무게도 남몰래 훨훨 태워야 한다.

나에게 이 행위는 나만의 제사나 미신에 가까웠다. 근심 없이 살자고 다짐하며 끝없이 태웠다. 후드득 타오르고 남은 잿더미는 어느새 허공이 되었고, 불씨가 사그라지면서 사위가 짙어져갔다. 땅거미가 넓게 내려앉으면 어느새 하늘도, 나무도 잿빛이 되었다. 밤이 온 것이다.

담아두고 모아두지 말자. 감당 안 될 만큼 쌓아두지 말자. 그렇게 한 해를 정리했다. 모든 자연이 긴 월동에 들어갈 때면 그때 생각을 하며 한 해를 마무리하곤 한다. 숱하게 다짐하고 또 비워내던 날들이 여전히 자주 떠오르곤 한다.

심장의 맛

시골에서 감 농사짓던 시절이었다.
나는 가진 게 없어서 기껏해야 네게 감을 따 보냈던
것인데, 돌아오지 않는 건 답장뿐이 아니었다.

소식을 잃은 후로 수년간 감은 쳐다보지도 않았지.
이제는 제법 잘 지내고 있단다.
오늘 산책길엔 어느 집 담장 밖으로 농익은 감이 툭,
떨어지는 것이다.

뭐지, 쿵, 하는 그것은.
나는 그 순간 심장이 떨어진 줄 알았어.
가끔은 참 이상한 안부 같아, 그것을 주워 한입
베어 물으면 함께 울던 가을이 목젖까지 홍건했다.

골목에 기대어 우리를 기억하려고 했다.
이것을 뭐라고 불러야 할까,
심장의 맛 같은 이것을.

-『모든 계절이 유서였다』 중에서

심장의 소리 같은

첫서리가 내릴 즈음이면 감 생각을 했다. 달빛에 익은 감들이 은은한 주광등 불빛처럼 어둠의 중앙에 번쩍였다. 빛 하나 없는 컴컴한 저녁, 매일 밤 닫힌 창문 사이로도 밤새 농익은 감들이 둔중한 사내의 발소리처럼 터벅터벅 떨어졌다. 나는 새벽 적막 한가운데 퍼지는 파문이 무서우면서도 무언가 유일하게 이 곁에 있는 듯하여 안심되었다. 가을이 떠나가는 소리가 가까운 대화 같아 나를 위로하곤 했다. 그때의 체감은 몸에도 달라붙어 있어서 여기 외투 안쪽으로 닫힌 마음을 열고도 들려온다. 터벅터벅. 감 떨어지는 소리. 보이지 않아도 잘 들린다. 가을이 가장 가까이에서부터 더는 돌아오지 않는 먼 미지로 떠나가는 소리. 그것이 심장의 소리와도 같아서 받아 적으면 무르고 달고 슬픈 이야기가 되기도 하였다.

심장 속에 꽉 머금고 있는 빛을 혼자만 삭혀야 할 때는 삭아 눈물이 되고 마는 까닭에, 우리가 자주 울었다는 것은 빛이 있다는 것. 빛나는 지점에서 우리는 아팠던 것. 그러니 내년에도 난 좀 더 울어야겠다.

매미처럼, 새들처럼, 봄이면 툭툭 터지는 꽃들과 수풀처럼, 여기 없는 시인들의 문장처럼, 모든 이름 없는 사람들의 울음처럼.

살수록 간절한 이 내력을 누가 알아줄까 싶지만, 삶도 죽음도 어쨌거나 나의 것이어서, 서로의 형편과 사정은 하나일 수 없어서 더 외로웠지만, 저마다 짊어지고 가야 할 생의 길이 있고, 인생은 오로지 각자의 몫이라 믿었다.
나는 나를 믿었다.

전정

시골에는 나무 전지가 한창이다.
전정을 해야 다음 해 더 튼실한 과실이 열린다.

그러나 매달린 것이 많아 밑동까지 쳐내는 사람도 더러 있다.
다시 처음부터 자라야 하는 것이다.

손발을 잘라내도 심장은 지켜야지
심장부터 쳐내면 죽은 삶이니까.

이제 중심부터 다시 맥동할 것이다.

신새벽 꿈을 흔드는 호랑지빠귀의 울음소리,
마을의 키 큰 감나무 위에 올라 휘이휘이 달 부르는 소리,
봄 몰고 반구 넘어 찾아온 섬진강, 반가워 반가워,
귓가에 닿아 꽃 깨우는 소리,
밤마다 무서움을 몰아내는 그 소리,

야야, 정신 차려라, 정신 차려라,
하면서 꽃들이 자꾸 나를 깨운다.

리타의 정원

이제 곧 나와 함께 살게 될
꽃의 체온을 자꾸만 상상하게 되는 이른 봄이다.

기다리고 걱정하지 않아도 된다. 내가 아는 꽃들은 긴 시간 온통 피워내고야 말겠다는 정신을 잃은 적 없고,
반드시 그것을 해내고야 마니까.

곧, 증명해 보여줄 것이다.

최선을 다해 봄이다.
나도 피어나야지.

꽃들
다리가 없어서
제 몸 짚고 피어나
제 몸 붙들고 떨어지는
꽃들
입도
심정도 없이
우리가 모르는 어딘가에서
온몸으로 산다
최선을 다해 산다

환한 달빛을 외면하지 못해서 밤을 새웠다.
이팝꽃잎 한 장씩 순산하는 기쁨을 나도 보았다.

숲을 헤집고 펀둥거리던 밤이의 몸에 하얀 솜털 같은 민들레 홀씨가 꼬리며 옆구리며 이마 언저리에 달라붙어 여기저기 따라다녔다. 그림자가 한 자 길어질 무렵이 올 때면 민들레 서식지에서 온통 빛이 났다. 역광에 반사된 민들레의 둥근 테가 유난히 크고 눈부셨다. 그들은 제 몸의 낙하산을 타고, 혹은 누군가의 치맛자락을 붙잡고, 어디든 멀리 여행을 떠난다. 때로는 돌 담벽 틈새에 불시착하기도 하였고, 질퍽한 흙길에 무사 착지한 몸들도 있었다.

다음 해 봄날 산책을 하면 그때 그 자리에 정착해 잘 살아간다고, 햇빛을 닮은 민들레 무리가 여기저기 내게 손인사를 전했다.

물만 먹고 자라는 꽃들.
저마다 다다른 색채로 피어난 꽃들은 대견하다.

온갖 것 다 먹고 자란 나는 무엇으로 피어나나.

말 없는 것들

왕벚나무 한 그루 가지마다 바람 하나씩 걸려 있다.
그것을 받아 마시느라 꽃 바쁜 평일 오후.
비와 바람만으로도 예쁜 꽃송이를 만들어낸다는 게
나는 늘 신비했다.

나는, 나는 그렇게 살지 못하는 인간이란다.
그래, 정말 너희가 참 근사해.

너희는 욕심 없어?
가령, 맛있는 것을 먹고 싶다거나 여행을 떠나고 싶다거나
그것도 아니면 사랑이 하고 싶거나 그런,
벚나무에 말을 걸면 아무런 대답도 들려오지 않는다.

너희는 답답하지 않아?
계속 서 있어야 하는 기분이,
나는 이상하게도 저렇게 말 없는 것들을 자꾸 믿게 된다.

봄을 기다리는 동안

새벽이슬을 마시고 살이 오른 명자나무 풀잎들이 점심엔 햇살로 배를 채우고 있었다. 잔잔한 서풍이 가지를 통과할 때면 간지러운 풀들에도 윤슬이 일어났다. 어디에서부터 시작되었는지 모를 봄의 파문이 건너편 숲까지 이어진다. 봄은 아주 먼 곳에서부터 숲의 살결을 쓸어내리며 당도한다. 거대하지만 온순한, 짐승이 깨어나듯 숲의 등은 봄의 손이 닿는 곳마다 마술처럼 연둣빛으로 물든다. 오래 기다린 봄이다.

겨울 동안 관찰한바 성미가 급한 동백, 목련이며 벚꽃은 이미 입춘이 되기도 전에 나무 끝에 미리 도착해 둥글게 맺혀 있었다. 일단 먼저 왔으니 겨울잠 좀 자고 피어날게! 말하진 않지만, 알 수 있다. 봄바람이 가지의 끝을 스치면 부르르 떨며 활짝 깨어난다는 것. 듣는다는 것.
나는 이곳 식물처럼 겨울의 끝과 봄의 시작을 정확히 만질 수는 없지만, 숲에서 최초의 꽃이 터지기까지 거의 다 와 가는구나, 하고 자주 기대하며 예감하는 것이다.

밤이와 자주 가는 장소가 있다. 도서관 뒤편에는 굵은 왕벚나무, 그 아래엔 두 사람 정도 조용히 앉을 만한 벤치가 있다. 밤이와 이곳을 제일 먼저 방문한다. 숲으로 오르기 전, 깊은 호흡을 내쉬며 아랫마을에서 풀지 못한 여독을 여기 와서야 풀곤 했다. 이곳에는 내가 오래전부터 좋아했던 명자나무도 있고, 동백도 있다. 성미 급한 나무들이 모여 사는 이곳은 봄을 가장 먼저 알리는 장소이기도 하다.

계절과 계절이 몸을 맞댄 채 바통을 넘기는 동안에 나는 나무들을 점검했다. 권태를 잊고 다시금 정신을 차리며 벤치에 앉아 있었다. 한동안 살아 있는 기분을 실컷 만끽했고, 이제야 살 것 같다고 말하곤 했는데, 이상하게도 요즘 들어서야 진짜 살아 있는 기분이 든다.

그러니까 얼마나 눈을 열고 눈을 떠야 사는 건가,
몇 번을 죽고 몇 번을 더 깨어나야 하는 걸까.

인적 드문 야산의 한 귀퉁이에 작게 피어난
아기 봄맞이꽃이
그 사소하고 작은 아름다움이 나를 발견한다.
꽃이 보잘것없는 이 한 사람의 오후에
기여함에 감사하다.

참 살 만한 하루가 되었다.

식물의 능력

산철쭉을 지나, 패랭이를 지나, 함박꽃을 지나, 오래 산책했다. 빌딩 숲을 가로지르며 거닐고 있었다. 몇몇 길고양이들이 등을 곧추세운 채 뒷골목으로 사라지고, 나는 사람들의 얼음 같은 눈을 피해 걷고 있었다. 도심 한복판에서도 인간의 시간을 뚫고 꽃의 얼굴과 식물을 볼 수는 있었다. 시류에 떠밀리기보다도 눈치 없음으로 그저 거기 있는 평화로움을 말이다.

햇빛이 수만 개의 잎사귀에 골고루 자신을 나누어준다. 날개를 단 바람이 그 사이사이를 통과해간다. 바삐 길을 걷던 나를 기어이 주저앉혀 멈추게 하는 저들의 능력, 말없이 거기 있음으로 자신의 세계로 인도하는 신통한 재주, 그 앞에서 나는 오늘도 세상과는 다른 시간을 걷는다.

식물의 시간

현실을 뒷걸음질 치다 보면 녹색 심장이 뛰는 곳에 당도한다. 등 뒤의 세계는 사라지고, 나는 시차를 건너 아무도 모르는 숲에 도착한다. 시간은 보폭을 늘리며 한없이 길어진다. 이제 여긴 식물의 시간. 녹색 잎사귀들이 악수를 청하면 나는 어떤 피를 수혈 받아 이토록 나 아닌 몸으로 뛰는 것인가.

한 번도 땅을 맛본 적 없는 잎새들이 나비처럼 나부끼는 계절이었다. 녹음은 실패를 모르는 사춘기 학생처럼 허공을 가득 점령했다. 하나의 신생국가 같았다.
한 그루의 산딸나무에는 수백 개의 꽃이 피었다. 그 꽃잎 한 장 한 장이 햇살을 받고 있었다. 수백 개의 여름이 걸려 있었고 그들의 개별적 시간까지 살다 나오면 또 한 계절이 지나가는 것이다.

한철 성황 하는 숲이다. 유목 새들이 막 도착해 현지어를 배우는 참이다.

바람이 부는 오후

나는 바람이 분다. 라고 말했다.
그러자 나무는 나 없이는 바람을 볼 수 없었을 거야. 내가 흔들리기 때문이지, 그러나 중요한 건 네가 여기 없으면 나도, 바람도 볼 수 없겠지, 라고 말했다.
우리의 머리칼이 볼을 간지럽히고 있었다.

우리는 서로가 있기에 존재하는 것이지.
나무가 없다면 나는 어디에도 기댈 수 없었을 거야.
나무도 나도,
우리에겐 우리가 간절했다.

그렇게 나무에 등을 기대어 앉아 사색하고 있으면 등의 안쪽이 등의 바깥에 기대어 있는 듯도 하고, 배면으로 촉촉한 숲의 온기가 전해지는 듯했다. 내가 나무에 기대어 있는 줄 알았는데 나무가 나에게 기대어 있었다. 여전히 바람이 부는 오후였다.

각자의 산책

1.

매일 아침 만나서 함께 산책하는 친구가 있다. 마을의 큰 공터의 육교 앞에서 늘 만나는데 서로의 사정에 따라 늦어질 때면 산을 각자 오르기도 한다. 어느 날은 늦게 일어나는 바람에 약속 시각에서 한 시간 정도 늦게 나오고 나니 그 친구와 만날 수 없는 보폭으로 같은 길을 걷게 되었다. 공터의 육교를 건너 십손이, 도깨비알, 조롱박, 수세미 같은 귀여운 호박이 열리는 넝쿨 아치 터널 지나 숲의 초입에 당도했다. 버들이 있는 연못가 왼편의 데크를 따라 걷는다. 숲이 펼쳐지자 되지빠귀가 지저귀고, 물이 지나가는 자리라 언제나 젖어 있는 좁은 진흙 길의 가장자리로 조심히 걷는다. 그리고 전나무 숲의 왼편으로 난 비탈길을 오른다. 그 끝에 넓은 초지를 두 개나 지나가면 정상의 누각에 다다른다. 멀리 내려다보이는 도시를 한 번 쓱- 둘러보곤 누각의 오른쪽으로 한 바퀴를 돌고 같은 길로 내려온다.

그러나 산책을 마칠 때까지 우리는 만날 수 없었다. 우리는 약간의 격차를 두고 같은 장소를 각각 걸으며 분명 똑같은 풍경을 바라보았겠지만, 우리의 산책은 개별적인 시공간, 그러니까 나의 길과 그의 길은 전혀 다른 차원 위에 있었던 것이다.

2.
우리는 같은 길 위를 걷더라도 실은 전혀 다른 길들을 걷는 사람들. 떨어진 낙엽 위에 또 떨어진 다른 낙엽처럼, 책장의 앞면과 뒷면처럼, 만나면서도 만날 수 없는 사람들.
나는 이 사실을 설명할 방법은 없지만, 때로는 함께 분명 같은 길을 걷지만, 그 길에서 바라보고, 생각하고, 느끼는 점은 다 다를 것이다. 다 다른 생애와 마음의 풍경을 걷기 때문이다.
결국 이 길은 원래 개별적이고 독존적인 혼자의 걸음이 아닐까, 라는 생각이 들었다. 나는 개별적이고 현시적인 이 길이 내가 걸어야 할 인생의 길이라고 생각했다.

내려오는 길에는 잣나무 연리근이 있었다. 다른 나무 두 그루의 뿌리나 줄기가 하나로 합쳐져 생긴 명칭이다. 얼마나 애틋한 하나일까 생각하면서, 나는 그것을 오래 바라보며 걸어내려 왔다. 저마다 혼자 서 있는 것들이 잠시 나와 보폭을 맞춰주고 있었다.

흘러가고, 만나고, 부서지고, 다시금 사라지는, 그 찰나의 만남, 교환했던 마음과 눈빛들, 비로소 하나 될 수 없음을 현실 직시할 때, 다시금 드는 생각, 결국 모든 만남이 기적이 아니고 무엇일까. 저마다 혼자만의 외길을 걷다가, 한 번은 동시대에 만났다는 것. 동시대에 피어난 꽃들을 감상한다는 것. 우리라 부르는 모든 것들이 기적이 아니고 무엇일까.

가던 길을 멈추어 서서

한참을 묵념했다.

마음속 그것들을 잘 보내주려고.

오늘은 아무도 기억하지 않는 꽃의,

꽃의 기일이었다.

한국적인

저 돌의 표정을 보라. 밤새 달빛을 받으며 더 단단해지는 돌, 제 안으로 숨 쉬는 돌, 돌 더미와 가시덤불.
작달막한 야생화를 보라. 마치 인종 같다. 한국의 산수는 한국의 얼굴을 지녔다. 사이프러스처럼 높은 나무도 없고, 릴리와디나 외래 수선화처럼 꽃이 단단하고 화려하지는 않지만, 침묵의 들꽃이, 한 같은 숲이, 마치 창문 사이로 스며오는 한기같이 깊이 스미는 흙이, 돌의 표정이, 꼭 우리나라에서만 볼 수 있는 얼굴들이, 이곳에 있다.

해외에 거주하며 신문화와 역사를 체험하면서도 언제나 마음 한 켠에서는 내 정체성에 대해 고민을 했던 적이 있다. 새로운 문물에 흡수될수록 고유한 내 무엇을 자꾸만 잃어가는 기분이 들었다. 언어며 생활, 작품도 마찬가지다. 가장 나다운 것, 내가 지닌 근원, 원천, 그것을 찾고 싶었고, 삶에 활용하고 싶었다. 분명 작지만, 그 어떤 것보다 강한 무엇이 내 안에 분명 있다. 그것이 내가 지닌 향토와 근간이라 생각했다.

나고 자라며 만지고 감각했던 모든 풍경이 이렇게 공명한다. 그것은 형형색색의 꽃으로 잘 가꿔진 정원도 아니고, 사람의 손길에 길들여진 숲도 아니다. 인간이 닿지 않아 수형이 자유로운 관목과 덤불숲, 기암괴석이 살아 있는 산수이다. 이른 아침의 보슬비를 머금은 검붉은 토양과 흙에서 올라오는 땅의 향, 작위적이고 인위적이지 않은 날것, 야생의 것, 생명의 그 당당한 몸부림에서 나는 나와 동류의 생명과 영혼을 본다.

성자들

삶의 터전. 참나무 신전에 새들이 몰려들었다. 누가 먼저 가장 이른 아침을 맛보았을까. 저마다 자신이 아침을 제일 먼저 물고 온 것처럼 우렁차다. 시키지 않아도 같은 시간 지저귀는 새들의 노래로 하루를 시작한다. 마치 신전에 모여든 수도승 같다. 삶이라는 종교. 광활한 대지 위에 울려 퍼지는 어느 신비의 나라 옛 사원의 아잔 소리처럼, 새들은 새벽녘 감청색 넝마 같은 깃털을 걸치고 목청껏 음과 음을 전하며 아침을 연다.

새들의 기도가 끝나면 인간은 무거운 눈을 비비고 저마다 삶의 터전으로 나갈 것이다. 우리가 오늘 해야 할 업무는 무엇일까 생각해본다. 하루를 자각하고 감사하게 잠들 수 있다면, 선물 같은 이 시간을 오늘도 잘 살아야겠다고 다짐할 수 있다면, 새들이 설교를 마치면 나는 시원한 한 잔의 성수를 마시며 하루를 시작한다. 그렇게 이 속에서 나는 깨어난다. 나에게 신은 자연이고 종교는 삶이다. 나를 일깨우고 설교 없이 전도하는 성자들은 인간이 아닌 나무, 꽃, 새 들이다.

명상

나는 오랫동안 명상을 해왔다. 몇 년 전부터는 가만히 정좌한 상태로 호흡하는 명상법이 아닌 주로 산책을 하거나, 산책을 하며 생각 없이 밤이의 걸음을 따라가거나 아니면 지나가며 나무들을 관찰하는 등의 명상을 하고 있다. 현실 속에서는 모니터 앞에서 일을 하거나, 글을 쓰는 명상을 하고, 집에 있을 때면 청소를 하거나 요리, 설거지를 하는 명상을 한다. 그러니까 언제부터인가 명상을 하기보다는 내가 하고 있는 일상을 명상한다.

명상가들은 명상은 대개 자신의 내면에 드는 것이라고 말하지만 나는 그 방식을 따르지 않기 시작했다. 가만히 홀로 앉아 평정심을 유지하기 위해 고요 속에서 정자세로 명상하려 할 때, 내가 처한 현실을 벗어남으로써 과연 마음의 평온을 발견할 수 있을지는 의문이 든다.
카페에 앉아 글에 집중하다 보면 약간의 잡음에도 더 예민해지게 되는 법이다. 무언가 하나에 몰입하고자 할 때 반작용이 따라오는 것은 어쩔 방도가 없다.

현실을 벗어나 여유와 자유, 고요한 심신을 찾는다는 것은 그 외의 마음을 더 덧나게 하는 방식이고, 내려놓아야 한다는 목적은 또다시 해야 하는 의무적 행위를 일으킬 수밖에 없기 때문에, 무엇을 하고자 하는 마음조차도 갖지 않으려 한다. 내려놓음을 해야 하는 마음까지도 내려놓아야 하는 것이다.

현실의 거리를 조율한 채, 느슨하게 마음의 여유를 찾는 시간도 꼭 필요하다. 심신이 많이 지칠 때면 혼자만의 시간이 필요한 건 사실이다. 일반적인 명상법은 사고를 전환하고 마음을 다스리기에는 어느 정도 도움이 될 것이다. 다만 이 훈련이 현실에 등을 진 채 지속적으로 반복되었을 때, 진정 마음의 고요를 찾는 길은 더 멀어져갈 것이다.

나는 아무것도 하지 않음만이 답은 아니라는 생각이 든다. 무언가 계속 행동함으로써 소요를 비워내며 평정을 찾아가는 것도 하나의 명상이 될 수 있다. 경제생활과 직결된 현실사회 속에서 아무것도 하지 않았을 때의 파장은 상상할 수 없을 만큼 더 불안하게 다가올 수도 있을 것이다. 그 무엇도 현실을 떼어놓고서는 고요할 수도 평온할 수도 없다는 생각이 들자, 나는 이 현실 속에서 나의 이상을 실현시켜나가길 바랐다.

명상은 깊은 산속에서, 사회와의 교류 없는 고립 속에서 수행하는 것이 아니라 이 전쟁 같은 현실 속에서 마음을 비워내는 일에 더 가깝다. 만약 내가 힘듦을 외면한 채 심신의 안정을 위한 긴 자기 휴식에 들어갈 때, 분명 놓여 있는 현실은 다시금 벗어날 수 없는 큰 몸집으로 나를 압박할 것이다.

간혹 우리는 마음의 집착을 내려놓고자 한다. 내려놓고자 하는 마음이 다시금 집착을 일으킨다. 집착하지 않는 것이 아니라 집착하지 않을 수 있는 마음이 되어야 하는 것이다. 그러나 말처럼 상황 속에서 평정심을 갖는 건 쉽지 않은 일이다. 나는 상황을 피하기보다는, 속수무책으로 다가오는 그 사건들 속으로 차라리 들어가서 마음이 고요해지는 방법들을 찾아보고 있다.

자기믿음

보통의 삶을 사는 사람들이 누리는 것들을 나는 선천적이거나 후천적으로 거의 가지지 못했다. 물려받은 재산도, 부와 인맥, 명성, 명석한 두뇌, 튼튼한 몸, 가족, 선택적으로는 연인, 종교, 직업 그리고 아이까지, 거의 모든 것들, 오랜 시간 타인의 사회적 삶과 견주어볼 때 나는 늘 불운한 생을 사는 듯했고, 그 사실이 과거에는 내 족쇄와 같이 느껴졌다. 그럼에도 불구하고 내면에서 무언가 꿈틀거리며 나를 지속하게 하는 힘이 있었는데, 그건 자기믿음이 아닐까 싶다.
나는 불운하지도 불행하지도 않다, 모든 것과 바꾸어도 될 단 하나를 지녔으니까.

내가 이 삶 속에서 해야 할 일은 많지 않아 보인다. 단지 그 믿음을 잃지 않을 것. 얼마나 고귀한 것으로 나를 채워갈지, 나는 나의 손을 잡아주며 잘 지켜봤으면 좋겠다. 내면에는 아름다움뿐인 숲으로 가꾸어나가며 더 풍요로운 인생의 황혼기를 바라보고 싶다. 빛나고 향기로움뿐인 스스로가 되고 싶다.

바람 없이도 이리저리 흔들리는,
산죽 군락지엔 참새의 지저귐을 쫓는 까치.
한참 후 까치의 행적을 따라
매서운 눈빛의 고양이가 입맛을 다시며 걸어온다.
저 작고 평화로운 소풍에 놓여 있는,
아무도 모르는 절박함은,
누가 대신 말해주나.

간절함과 절박함

삶이란 무릇 여기 없는 것을 향한 발걸음 아닐까, 두 손으로 허공을 더듬으며 서서히 나아간다. 살아 있음은 죽음을 예감하며 불안의 긴 터널을 걷는 것 아닐까, 그렇게 우리는 까마득한 무를 향하여 전진하고 있다. 함께 또는 혼자.

간절함보다는 절박함이 나를 살려냈다. 그리고 지금은 절박함이 쇠하자 간절함이 마음을 먹여가며 극진히 간호한다. 간절하다 할 수도 있고, 절박이라 할 수 있는 하나의 이름들. 내 안에 기거하는 객체적 자아들이 서로의 살림을 야무지게 도맡아 한다. 너무나 자연스러운 가족의 형태로.

내 안에 꿈틀대는 것. 그것이 생존일 때도 있고 영혼일 때도 있다. 현실이거나 이상일 때도, 생명의 의지가 나를 작동하고 있다. 서로가 서로를 떠먹여 살리는 가난한 육신의 가업. 여러 이름으로 등장하는 서로가 서로를 일으키는 유일한 내 핏줄인 자아들.

하루 속에도 끔찍하게 선명한 삶이 있고, 삶 속에도 솟구치는 이상이 있다. 그것은 나에겐 하나와도 같다. 사실과 허구도 다르지 않다. 슬픔과 환희도, 이상과 현실, 간절함과 절박함도, 다만 나는 그것을 다 살아가는 사람. 최선을 다해 다, 살아보는 사람.

자연의 존재와 위로

나는 누구보다도 자주 숲과 산을 찾곤 하는데 자연은 침묵과 함께 혜안을 찾도록 가만히 제 몸을 빌려주곤 했다. 그 속에서 걷고 휴식하며 사색한다. 마음을 가다듬고 내면의 길을 탐색한다. 그리고 불현듯 꽃 한 송이를 발견하게 되는 것이다.

(꽃은 항상 그곳에 있지만 마주하기는 쉽지 않다. 의식과 생각이 완전히 멈춘 자리에서 비로소 꽃 한 송이를 발견하게 되는 것이다!)

어떤 어려움 곁에서도 자연은 늘 나에게 가만히 인내하며 자리를 내어줬다. 자연은 한 번도 나를 타박하지 않는다. 보채거나 판단하지 않는다. 걱정하지도 않는다. 등 돌리거나 멀어지지도 않는다. 언제나 혼란스러운 심경 속에서 외면하고 등진 것은 나였다. 다시금 힘들고 슬픈 시간이 찾아올 때 길을 걸으면 그 자리에 그대로 받아주는 자연이 있는 것이다.

자연이 늘 곁에 존재한다는 위로가 존재감을 더 단단하게 한다. 내 뒤에 커다란 어깨를 내어주는 산과 키 큰 나무들, 온갖 것들이 즐비한 잡목림, 보드라운 손길의 바람, 어디선가 나보다 더 작고 강한 잡풀들, 나에게는 자연이라는 든든한 스승이자 벗이 있고, 그들과 함께 또 하루를 시작한다. 감사함을 망각하지 않는다.

외로움이라는 감정은 뭘까 생각해보면 인간들이 세상을 인간세계로만 규정한, 인간 중심적 인식의 한계에 가깝지 않을까 싶다. 누군가는 나를 비사회적이라 손가락질했고, 누군가는 사교적이지 않다고 했으며, 또 누군가는 친근하지 않다고 토로하지만, 나는 단 한 번도 혼자인 적 없으며, 세상을 향해 하루도 망각하며 안부를 나누지 않은 적이 없다. 다만 나의 관심이 인간을 향하지만은 않는다는 것이다. 약간의 친구들과 거리의 모든 시선, 풍경, 우리 밤이, 나는 모두에게 매일 눈인사를 나누며 시시때때로 관심을 다하고, 마음을 다해 안부를 묻는다. 더불어 모두는 긴밀한 연결 속에서 살아가고 있다.

보통 아침에 일어나면 물 한 잔을 마신다. 키우고 있는 화초를 점검하고 분무기로 물을 준다. 커피를 내리는 시간을 기다린다. 기다리는 동안 간단히 세수하고 옷을 입고 나갈 채비를 한다. 보온병에는 따뜻한 물에 약하게 희석한 커피를 담아 나간다.
매일 정해진 산책 시간이 있고 산책 코스가 있다. 반복적인 산책은 밤이의 정서에도 안정적이고 좋다. 같이 동행하는 이웃들이 있지만, 대체로 이야기에 집중하기보다는 먼저 걷는 강아지들의 발걸음을 따라가며 그들의 시선으로 풍경을 함께 바라본다. 신명나는 걸음걸이로 걷는 강아지들, 식물과 친구들의 냄새를 좇는, 그 원초적인 순수성에 나도 동참한다. 낙엽을 밟거나 마른 잔디를 밟을 때 발걸음은 더 폭신하고 바쁘고 정겹다. 나도 같은 느낌을 전이받는다.
산에서 내려와 사람들과 헤어진 후 조용히 광합성 할 수 있는 나만의 숲으로 이동한다. 그곳에서 나는 사철의 변화를 피부로 느낀다. 어떤 사고도 개입되지 않을 때까지 논다. 뛰기도 하고 걷기도 하지만 아무 생각 없이 멍하게 앉아 있곤 한다. 내 자유 시간을 밤이는 인내해준다. 가벼이 책을 읽거나 산책 중에 느낀 강한 인상들은 한 줄 두 줄 정도로 요약해 남겨둔다. 기록하지 않아도 좋다. 바람 사납지 않은 날에는 장갑과 양말을 벗고 손이며 발이며 종아리에 해를 충분히 받아 저장한다.
뇌가 충분히 휴식을 한 채 맑게 비워진 장소에는 자연스레 사유들이 자리한다. 그 생각들이 나를 더 건강하게 한다.
그리고 그 나머지의 시간에 일한다. (일은 삶의 목적이 아니므로 많은 정신적 관여를 하지 않으려 한다.) 밤이면 다른 산책 코스로 한 시간가량 걷는다. 이런 일과는 꽤 집요하게 계획적이고 반복적이다.
매 시간대에 바라보는 사람과 풍경들이 다 다르다. 매시간 세상에 속한 것에게 마음으로 안부를 전한다. 하루의 모든 일을 마치고서야 새벽녘 모두가 잠이 든 고요의 시간에, 하루 치의 사유를 정리하거나 개인의 취미 시간을 가진다. 예를 들어 책을 보거나 글을 쓴다거나 글을 쓰기 위해 애쓰거나 대단한 노력을 하지는 않는다. 모든 것이 자연적으로 행하도록 내버려둔다. 대신 하루 중 가장 노력하는 것은, 광합성을 충분히 하고 걸으며 머리를 비워내는 일이다. 계속해서 발생하는 인식의 풍경들을 바라보며 동시에 지워내는 일이다.

그 곁에 늘 자연과 산책이 있다. 산책을 통해 생각을 차단한 빈자리에 좋은 기운의 생명을 채운다.

충분한 식사와 태양만으로 인간은 하루 치의 건강한 에너지를 모두 충전한다. 그 긍정의 에너지를 어떻게 잘 분배해서 심신에 사용할지에 따라 하루 치의 만족도는 분명 차이가 난다. 내가 감사히 받은 생명의 에너지를 부정적인 그 무엇에 소모하지 않기를 바라는 마음이 하루 중 해야 하는 일의 전부이다.

정오의 태양 빛 속에서 뼈도, 둘레도 없는 춤을 추었던
어린 날의 가벼운 영혼은 어디에 있나.

우리는 이제 반듯한 외투로 마음을 숨기며 높은 굽의 신발을 신고, 어디론가 바삐 걸어간다. 그러니까 어디로 가는 걸까? 그곳에는 무엇이 있을까?

그러니까 다시 묻는다. 어린 날의 자유롭고 맑던 영혼.
그곳으로 가는 길은 누가 지웠나, 누가 나를 가로막고 있는가, 그러니까 나는 도대체 어디로 가고 있는 것일까.

영원의 정원

비가 한차례 왔고 정적이 찾아들었다. 온갖 나무들은 젖은 머리를 털고 바람에 몸을 말렸다. 발끝에도 햇살이 하나 걸려 있었다. 기울어진 나무와 서 있는 나무 사이, 가지의 저편과 이편 사이로 바람이 방향을 바꾸며 흔들렸다. 그러면 마음은 나무처럼 온통 간지럽고 햇살이 튀었다.

그 순간, 나는 나무 아래 한 평 그림자 속에서도 스르르 깨어나는 영원을 보았다.

마음은 어쩌면 모든 미물에 깃들어 있는지도 모른다. 사람이 잠들면 서서히 토분 속에서 뿌리를 내리고 있는 식물, 잎 하나를 내밀며 산통을 겪는 화초, 풀벌레, 그것의 용기가 누군가에게 영혼을 전도한다. 동류의 마음인 나는 오늘도 자연의 수혈을 받아 깨어나는 기분이 든다.

지금 이대로

어여쁜 풀꽃 하나 만나게 될 때면, 하늘을 바라보고 숨을 쉴 때면, 시계가 닿지 않는 산 너머 능선을 바라보고 있을 때면, 멈춰버린 마음의 순간을 경험하게 된다. 영원의 시간은 이 순간 내 마음에 원래 그렇게 있는 듯하다. 자유와 행복은 먼 곳에 있지 않고 숨 쉬는 지금에도 있는 듯하다.

지금 이대로 하늘을 가르는 새의 날갯짓, 사선으로 포개지는 낮과 밤, 그림자 속에서도, 나무, 흔들리는 잎새 사이사이에도 마음이 있고, 듣고 있는 새소리에도 마음이 있다.

그저 가만히 저들의 대화를 경청할 것.
세상이 이 순간 얼마나 많은 것들을 내게 묻고 알려주는가.
나는 이 세상에서 얼마나 많은 걸 배우고 있지 않던가.
그러니 나는 세상의 소리를 듣고 깨어난다.
그 무엇을 고집하거나 주장하지도 말 것.
새벽 서리 풀잎이 어는 소리, 바람에 가지가 몸을 떠는 소리,
달이 서서히 차오르는 소리, 별빛이 대지에 내려앉는 소리,
언덕 패랭이꽃 한 송이 고개를 드는 소리,
그 곁에서 풀벌레 한 마리 잠이 드는 소리.
모든 영혼과 생명과 자연의 소리에 귀 기울일 것.
가만히 앉아서 침묵하는 순간에
세상이 내게 대화를 걸어오는 모습을 바라볼 것.
들을 것.
그것이 내가 겸손하게 이 세상을 살아가는 방향일 것.

행복이라는 것은 영혼의 향기이며, 노래하는 마음의 조화이다. 그리고 영혼의 음악 중에서 가장 아름다운 것은 자애이다.

- 로맹 롤랑

소리

밤이 찾아들 때면 뒤안에는 여느 때와 다름없이 귀뚜라미가 운다. 꽉 다문 얼굴을 열고 들어오는 맑은 종소리와 같은, 음의 파동이 검은 방의 기운을 내몰고 마음의 심원한 문을 대범히 두드린다. 벌레라 불리는, 엄지손가락만 한 저것이 제 몸을 능가하여 운다.
소리는 굳건히 닫은 내실 한가운데에도 몸 없이 울려 퍼진다. 저 작은 살아 있음의 크기가 나마저도 넘어선다. 작은 생명체가 인간에 생기를 불러일으키는 마법을 설명할 길이 없다.

쉽사리 떠나가지 않는 소리가 있다. 그것은 공격적인 모든 소리의 틈새에서 가장 고요하게 누군가의 가슴에 저 홀로 살아남는 소리, 새소리, 갈바람 소리, 파도 소리, 풀벌레 소리, 숱한 소음을 헤집고 맥동하는 자연의 배음을 듣는 자의 오감은 깨어난다. 더 많은 것을 교감하고, 전율하고, 감동하는 자의 눈과 귀는 명석하다. 우리에겐 더 큰 세계의 바깥으로 나아가기 위해 필요한 눈과 귀가 있다. 눈 속에는 눈이, 귓속에도 귀가, 그것을 가진 자는 삶이 동시에 더 주어진 신의 선물이며 축복과도 같다.

숲의 하모니

우리는 감관을 통해 풍경을 소화하고 이해한다. 나무며, 꽃이며 단일체만으로는 이 풍경을 만날 수도, 완성할 수도 없다. 바람이 거기 있다는 것을 나무를 통해서 본다. 그 역시 내 존재를 통해서만 담을 수 있다. 빛 없이 자신의 색채를 가질 수 없으며, 태양의 시차와 주기율에 따라서도 사물은 발색을 달리한다.

바람에 나부끼는 은행나무, 그 사이사이를 오가는 새들이 시공간을 연출한다. 어디선가 딱딱 소리가 난다. 오색딱따구리는 나무 없이는 저 소리를 낼 수 없다. 새의 발성이 대기 중에 파장을 일으킨다. 공간이 확대되어 나의 귓전을 노크한다. 소리의 파장은 반드시 다른 사물에 닿아서만이 음이 만들어지고, 음과 또 다른 음의 결합으로 가락이 발생한다. 그렇게 숲의 하모니가 울려 퍼진다.

수풀과 꽃잎이 일제히 몸을 밖으로 밀어내자 숲의 계보가 생겨난다. 시간의 단위가 계절로, 연속적이고 영속적으로 길어진다. 자세히 바라보면 떨어지는 풀잎과 이제 막 피어나려는 풀잎, 꽃 하나에 한 계절씩 피어난다. 한 잎 한 잎이 생명이라면 저 나무 한 그루엔 샐 수 없는 우주가 열려 있는 듯도 하다.

만물이 어우러지는 자연의 세계는 늘 활기차다. 독립 개체들은 자신을 돋보이게 하거나 분열하지 않으며 그 자체로서 화음을 가진다. 그리고 오랜 시간 공들여 하나의 선율을 만들어낸다. 그것들은 꽤 정교하고 규칙적인 목소리를 지닌다. 그것을 듣기 위해서는 긴 내면의 휴식이 필요하다.
자연의 아름다움엔 그것을 마주 보고 감동할 누군가의 눈과 귀가 필요하다. 이 모든 아름다움을 느끼려면 우리 모두가 필요하다.

숲의 노래가 가슴에 닿으려면 온몸으로 들어야 한다. 또한 눈으로 듣고, 눈으로 맡으며, 혹은 귀로 볼 수 있어야 한다.

남아 있는 무엇

1.

한 장소에서 벗어나 소리가 그치거나 거의 사라진 뒤에도 늘 숲에서 따라온 여음이 있는데, 나는 그 음이 어떤 향기를 뿜는다고 느낀다. 나는 도통 색채와 리듬, 향기를 구분할 수 없다. 분명 그것은 다르지 않다. 소리에서 향기가 난다는 말은 어법이 맞지 않지만, 무언가 남아 있는 잔여물은 삶의 공백 속으로도 배어나오는 법이다.

우리는 종종 여운이 남는다고 말하곤 하는데 모두는 그것을 경험하면서도 면밀히 느끼거나 표현하는 어려움을 느낀다. 감각할 수 없는 작용에 의해 살아가면서도 그것의 존재를 쉽게 잊거나 간과하고 만다. 우리는 서로를 눈으로 듣고, 눈으로 맡으며, 혹은 귀로 듣고 귀로 바라보기에 서툴다.

풀과 풀이 비벼대는 살맛, 나는 그 살맛을 좋아한다. 군침이 도는 문장을 좋아한다. 폐부로 들어오는 초목의 향기가 피를 타고 심장에 도착하면 문장이 된다. 형용사가 되고 감탄사가 된다.

건강한 도취라는 헨리 데이비드 소로의 한 표현처럼, 자연의 소리, 냄새, 맛이 항상 나를 취하게 한다.

누군가를 만나고 돌아온 자리에도 남아 있는 무엇은 분명 있다. 여운이 있거나. 잔향을 지닌 사람들도 있고, 그런 문장도 있고, 그런 공간도 있다. 그러나 그것을 표현할 길만은 없는 듯하다.

나는 나를 둘러싼 어떤 기운을 느끼며 그것을 조용히 듣고 있다. 자연이 들려주는 미문을 옮겨 적는 일은 쉽지 않은 인간의 일이다. 불교에서 말하는 관세음觀世音은 세상의 소리를 본다는 뜻을 지녔는데 본다는 말이 이상할 수 있지만, 우리에게 주어진 여백의 삶을 향기와 노래로 가득 채우기 위해선 관세음의 감각이 절실하다는 생각이 든다. 향기를 보고 노래를 맛보는 사람은 더 바랄 것 없이 풍성한 삶을 향유할 것이다.

문인은 사물을 과장하거나 묘사해내는 사람이라기보다는 보이지 않는 모든 것의 있음을 옮겨 적을 수 있는 사람이어야 한다. 없음에서 맴돌고 있는 여음과 여향을 포착할 수 있으며 그것을 기록하는 사람이어야 한다. 문향聞香이라는 말이 있듯이 향기를 듣는 사람도 있다. 향기를 내뿜는 사람 그리고 그것을 받아 적은 사람도 있다. 나는 무엇을 보며 무엇을 말할 수 있을까.

"행복이라는 것은 영혼의 향기이며, 노래하는 마음의 조화이다." - 로맹 롤랑

2.

카비르나 오쇼, 마하라지, 타고르, 메리 올리버나 헨리 데이비드 소로, 김영갑, 헤세, 버지니아 울프, 장 그르니에 혹은 인도 성인들 등등 나에게 영향을 끼친 사람들, 그들이 이루어놓은 정신의 업적은, 그들 신념을 얼마나 지속적이고 꾸준하게 삶의 한복판으로 옮겨놓았는지를 알려준다. 결코 상상만으로 끝나지 않은, 자신의 내면을 외부로 끌어온 사람들의 문장을 대하면 그 어떤 성인과 철학자들보다 설득력 있다. 그들이 받아 적은 그 무엇이 나를 나의 삶을 바꾸어놓을 때, 나는 영혼이 분명 실재한다고 믿는다.

3.

감각적 사유를 끌어낸 사람들, 넓은 마음의 스펙트럼을 통해 형용할 수 없는 삶의 깊이를 표현하는 사람들의 기록에는 동양과 서양을 막론하고 비슷한 그 무엇이 있는데 남들이 들을 수 없는 것을 듣고, 볼 수 없는 것을 보며, 삶의 해답을 늘 자연의 사유 속에서 찾으려 했다는 것이다. 그리고 자연의 체험과 교감을 통해 어떤 진리를 전하려 했다는 것이다.

4.

사회가 발전할수록 물성만을 중시하는 풍토가 심해지고, 자연 친화적이기보다는 인간 중심적인 사고가 우세해지는 듯하다. 자기 관념이 깊어질수록 외부와 공감하거나 감응하는 능력을 상실해가는 듯하다. 우리가 물질적 삶을 향유하는 동안 어쩌면 인간의 무한하면서도 비상한 기질 중 하나인 기민한 감수성을 점차 잃어가는 건 아닐까 유추해본다. 태초에 타고난 창의와 상상, 틀에 박힌 집단과 사회 속에서 본연의 심성조차도 물성화되어가는 것은 아닌지 염려한다. 점차 마음이 무뎌지고, 우리는 점점 메마른 어른이 되어간다. 신의 선물이자 모든 인간에게 주어진 심미안, 그리고 영혼을 바라보는 눈을 상실해가는 건 참으로 슬픈 일이 아닐 수 없다.

(그러나 여전히 내게는 강한 믿음이 있다. 세계를 느끼고자 하는 사람들의 마음과 감각은 그 끝을 모르고 뻗어간다.)

대자연 곁에서 나는 왜 쉽게 감응하는지는 모르겠다. 내가 알지 못하는 나의 성질과 그것이 부작용 없이 혼합되는 연유도. 아마도 서로를 지탱하고 있고, 삶을 끌어 쓰는 연료가 동질의 무엇이라는 추측뿐. 설명할 수 없는 영역과도 같다.

그것이 당기는 것이 아니면 그 뭘까. 영혼이 정말 있다고밖에 표할 길 없는, 우리는 내면에는 분명 쉽게 분류하거나 이름 붙일 수 없는, 원형의 신성한 소리와 향이 있다.

저 하늘의 구름처럼 되어야 할 겁니다. 억제하지 마십시오. 신은 저 산들과 호수 속에서와 똑같이 당신의 운명 속에서도 존재합니다. 이를 이해하기는 매우 어렵지요. 인간이 자연으로부터 그리고 그 자신으로부터 점점 더 멀어져 가고 있기 때문입니다.

- 헤르만 헤세

그의 말처럼, 분명 내게도 자연은 신으로 가는 연결고리이다.

그녀가 말했어.
여우 사냥은 여우에게 좋은 거야.
어떤 여우? 내가 물었지.

아무것도 중요하지 않고, 아무것도 불가지의 신성한 존재의 지배를 받지 않는다고 믿으며 하루를 살아내려고 해봐. 그런 날이 끝날 무렵 기분이 어떤지 봐.

확실하다고 불리는 것은, 허풍이지.

사물들의 무대, 상상력의 극장, 믿음의 모든 곳.

사람들이 그들의 영혼을 팔면, 그 영혼들은 어디로 가는 걸까?

내가 원하는 사람이 되기 위해,
나는 다른 사람들에게 끌려가지 않도록 늘 애써야 하지.

나는 날마다 슈베르트와 그가 쓴 노래 600곡의 신비에 대해 생각해.

정신적 현시는 눈빛에 자취를 남기는 것이 아니지

- 메리 올리버, 『휘파람 부는 사람』, 「가자미, 넷」 중에서

아름다운 시

정신적 현시는 눈빛에 자취를 남기는 것이 아니지, 라는 이 아름다운 문장의 발원지를 떠올린다. 분명 흰 눈길 위로 아무도 모르게 걸어가고 있는 것을 본 사람은 안다. 분명 영혼과 마음과 정신이 지나가는 길엔 발자국이 남지 않는다.

이런 신비롭고도 아름다운 시는 내게 미사여구가 아닌 사실에 가깝다. 글의 원천인 자연의 서사를 들려주는 글. 감각을 통한 세계와의 긴밀하고 강한 접촉을 체험한 글. 어떤 글들은 그래서 잔향이 더 오래가고, 여운이 더 남을지도 모른다. 당신은 어떤 향기를 품고 있는 사람인가, 보이지 않는 향기를 맡는 사람은 누구인가. 저 망망한 눈길 위에 찍고 있는 영혼을 바라보는 자는? 분명 넋들의 노래를 듣고 옮겨 듣는 사람들이 있다. 나는 그런 이들에게 어떤 복합적인 존경과 더불어 그의 삶의 태도에 절로 감복하고 만다.

어떤 글이 좋은 글인지 알 수는 없지만, 개인적으로 글을 잘 쓰기보다는 글의 원천인 자연을 직접 들려주는 것이 좋다. 살아 있는 문장을 포획하는 것은 중요해 보인다. 우리는 좋은 문장을 통해 화장법을 터득할 수는 있지만, 그러는 동안에 놓치는 맹점이 있을 것이다. 여기, 살아 숨 쉬는 것들 말이다.

내가 쓰는 모든 시는 진짜 몸과 진정한 힘, 정신적 목적을 지녀야 한다는 것이다. 어떤 시든 이 세 가지 조건 가운데 하나라도 만족하지 못하면 퇴짜를 놓고 다시 쓰거나 과감히 버렸다. 지각으로 느낀 세계가 지적인 세계로 이어지기를 원한다.

- 메리 올리버

나에게 숲으로 들어가는 문은 신전으로 들어가는 문이다. 나는 나무들 아래를, 창백한 모래언덕을 걸으며 점점 더 환희에 빠져들고 이 환희를 글로 찬양한다. 나는 눈앞에 펼쳐진 자연을 보고 그걸 맹목적으로 사랑한다.

사실 우리가 가장 큰 관심을 갖는 주제는 은총, 그리고 영혼의 존재 여부가 아닐까? 그리고 영혼이 존재함으로써 썩지 않는 힘들과 어쩌면 심지어 하나의 근원, 손에 만져질 듯한 또 하나의 우주가 가능한 게 아닐까? 이성으로는 이해할 수 없는 세상이? 영혼을 믿는다면, 늘 눈에 보이는 산이나 손톱을 믿듯 확고하게 영혼을 믿는다면 그 결과가 어떨지 상상해보라! 얼마나 광대하고 철저하게 경이로운 일인가! 그런 믿음으로 모든 것이 달라질 테니까. 아침에 일어나면 영혼이 존재하고 우리의 입은 그 영혼을 노래하고 우리의 마음은 그 영혼을 받아들인다…. 나는 영혼을 믿는다. 내 안에. 여러분 안에. 큰 어치 안에. 둥근머리돌고래 안에 있는 영혼을, 나는 거친 돼지풀 위를 날아가는 오색방울새에게도, 그리고 돼지풀 한 포기 한 포기에도, 그 아래 흙 속의 작은 돌들에도, 흙 알갱이에도 영혼이 있다고 믿는다.

- 메리 올리버, 『휘파람 부는 사람』 중에서

새벽에 귀뚜라미 울음소리를 들으니 새벽에도 땅이 계속 꿈을 꾸는 것만 같다. 나는 귀뚜라미들이 믿음과 희망을 품고 변함없이 찌르륵 우는 새벽 여명의 시간을 좋아한다. 귀뚜라미가 환하게 이슬에 젖어 찌르르 울 때는 마치 계속된 밤이 아침의 무구를 표현하는 것만 같다. 귀뚜라미 울음이 퍽 향기로운 소리로 들릴 때는 어떤 죄도 감히 범할 수 없다. … 귀뚜라미 울음소리가 우리의 귀에 들릴 때 세계가 우리에게 그다지 벅찬 것만은 아니다. 나는 이런 우주의 새벽 소리를 들을 때면 한편으론 놀랍고 기쁘다. 듣고 들어도 전에는 한 번도 들어보지 못한 소리 같다.

나는 자연과의 교제를 원한다. 자연의 기분과 태도를 알고 싶다. 내가 가장 흥미를 느끼는 것은 원시 자연이다. 나는 봄의 모든 현상을 알기 위해 무던히 애를 쓴다. 나는 이를 통해 완전한 시를 얻는다고 생각한다.

—

누군가 계단 아래에서 기타 튕기는 소리를 듣는다. 내가 살아온 순간들을 일깨우는 소리이다… 이 희미한 기타 소리에 감명을 받는다는 사실은 앞으로 다가올 나의 봄들 안에 아직도 건강함과 불멸성이 남아 있다는 것을 말해

준다… 우리는 동질의 느낌, 음악을 듣는다. 그리고 우주의 한계까지 잠자던 촉수를 내민다. 우리는 분별을 넘어선 지혜에 이른다. 견고한 대륙들이 파동 친다. 굳고 고정된 것이 액체가 된다.

- 헨리 데이비드 소로, 『소로의 일기』 중에서

영원

발목을 휘도는 햇살도, 오며 가는 저 바람도, 풀잎을 쓸어 내리는 저 계절의 손짓도 다 나의 삶이다. 덤불 숲에서 노니는 참새들도, 산초나무에 앉아 쉬는 제비나비도, 조금 더 걷다 보면 여전히 가을을 품고 잠이 든 자작나무 잎새도, 세상은 이토록 넓은데 나는 오늘 무엇을 보고 있는가.

세상의 바깥을 향하여, 하늘보다도 더 넓은 창공을, 무엇을 바라보느냐에 따라 내 삶의 윤곽은 경계를 허물고 저 멀리 뻗어나갈 수 있지 않을까.

기왕이면 더 높이, 더 멀리, 바라보고 싶다. 또한 유순하고 둥근 것들을 가까이하고 싶다. 많은 것들을 내면에 담아내며 더 깊고 커다란 삶을 살고 싶다. 현실로 제한한 협소한 삶은 나에게 큰 작용을 하지 않는다. 나의 세상은 늘 이곳, 광대하고 드높은, 그러나 부드럽고 순한 풍경들 가까이에서 세상 모르게 지속해오고 있기 때문이다. 이곳은 안전하다. 이곳은 밝다. 이곳은 전쟁도, 싸움도 없다. 내가 만들어가고 있는 이 삶의 한복판에서 서서히 명징해지는 존재감을 느낄 때, 그리하여 현실에 없는 시간과 공간을 내 마음대로 확장해나갈 수 있을 때, 더 이상 시간도 공간도 필요 없는 어떠한 상태에 놓인다.
고요, 평온, 그리고 영원, 무시간적인 순간.

우리는 통상 영원이란 아주아주 긴 시간, 수백억 년을 끝없이 계속해가는 시간의 연장이라 상상한다…. 영원은 끝없이 이어지는 시간에 대한 각성이 아니라 그 자체가 전적으로 시간 밖에 존재하는 각성이기 때문이다.

영원한 순간이란 과거도, 미래도, 이전 이후도, 생도, 죽음도 알지 못하는 무시간적인 순간이다. 합일 의식 안에서 산다는 것은 곧 무시간적 순간 속에서 무시간적 순간으로 산다는 것과 같다.

- 켄 윌버, 『무경계』 중에서

무시간적인 삶

시간이란 객관적인 체제를 가지고 있지 않는 듯하다. 손목의 시계를 보며 사회에 예속된 시간성이라는 척도로부터 인생을 분할해 살아갈 수는 없는 노릇이다. 그 시간 속에는 내 삶이 없다. 실재의 시간이란 제도적이고 물리적 한계를 넘어선 그 바깥의 시간이기 때문이다. 마음의 시간은 전혀 다른 방식으로 흐른다. 그것은 존재의 근원적 윤활 같고, 생명의 물줄기와 같고, 현실의 운동과 공간의 의미 너머로 확산하는 창조와도 같다. 그 흐름은 무한대의 영속성을 지닌다.

나는 자주 타자로부터 동떨어져 나와 나만의, 내 마음의 시간을 걷고자 한다. 한 호흡, 한 걸음의 텅 빈 사색을 하거나, 생각을 잠시 내려놓은 채 산책을 할 때, 눈앞에 있는 새들의 날갯짓을 쫓아가거나, 꽃 한 송이가 천천히 떨어질 때, 꽃자리를 오래 바라보고 있을 때, 그때 나의 시간은 세상과는 전혀 다른 시간으로 전개된다.

가끔은 눈을 감았다 뜨는 그 짧은 순간이 아주 길게 느껴질 때가 있다. 무시간적인 순간이 있다. 우리는 그것을 영원처럼 오래 만끽하기도 한다.

우리는 모두가 불변의 마음과 영혼과 생명의 소유자이니까. 삶을 자율적으로 이끄는 가장 근본적인 에너지이니까. 두 눈을 감지 않고서는 바라볼 수 없는 내면의 섬광이니까.

생명을 발견하는 것.
적어도 나 자신은 스스로가 삶에 이끌리는
삶 없는 삶을 살지 말 것.

살아도 살아 있을 것.
죽을 때까지 죽어 살지 말 것.

영원의 순간

1.

시력이 좋지 않은 까닭에 숲에서는 숲의 변화를 시각적으로 인지하기는 힘들다. 늘 희미한 눈으로 사물을 관찰하곤 하는데, 무언가 애써 보려 함을 포기한 채 이슥한 풍경을 거닐기 일쑤다. 그래서인지 눈을 제외한 감각의 기민함이 살아나 나를 더 채워준다. 더 깊이 폐부로, 피부로, 느낌으로 전달되는 것이다. 눈이 멀어서야 비로소 서서히 뒤섞인다. 이원적 시선으로 분리해 바라보는 것이 아니라 장면 속으로 걸어 들어가 그 속에 내가 온전히 녹아들곤 하는 것이다.

위로와 안정감을 넘어선 합일의 상태의 말로는 설명할 수 없는 체험이다. 그 순간의 시간과 공간은 살아본 적 없는 전혀 다른 차원 위에서 연속적으로 지속된다. 영원이 있다면 나는 이 순간을 영원이라 부르고 싶다.

2.

우리가 눈과 입을 빌릴 때 놓치는 것을 본다. 말을 놓았을 때 어쩌면 더 많이 교감할 수 있겠다. 언어와 문법과 판단, 생각 따위와 대립하지 않았을 때 비로소 인간은 단순하고 간결해지며 우리가 된다. 침묵과 사색뿐인 이 숲이 눈도 없이, 귀도 없이, 입도 없이 지금 나를 교화하고 있듯 말이다.

사상 없이 서 있는 모든 것들로부터 이 순간에도 나의 마음은 얼마나 많은 관념이 발생하는지, 그 지점이 내가 인간일 수밖에 없는 경계지점이면서 동시에 인간으로서 이 자연 속 침묵의 설법을 옮겨 적는 일만이 가장 유순한 인간다운 일 같다는 생각도 든다. 결코 도달할 수 없는 불립문자의 풍경이기에, 나는 자연을 신처럼 찬양한다. 이제 이런 사념 따위는 버리고 그 속으로 걸어 들어간다. 자연과 한몸이 되기 위해서.

그것은 무엇인가, 에 대한 사념

1.
그것은 무엇인가. 영원이라고 말하는 것은, 무언가 완전한 일체의 감정 속에서 마주한 하나의 빛은.

2.
그것은 이것과 저것이 아닌, 이것 저것이 하나로 합일되는 순간 다가온다.

3.
우리는 줄곧 내면에 있는 이면들과 대적하고 싸운다. 서로 적대하는 감정과 감정, 양가감정의 모순들, 눈을 통해 바라보는 세상의 나와, 내가 아닌 것, 내가 좋아하는 것과 내가 싫어하는 것, 내 편과 네 편, 국가와 국가, 이념과 이념, 종교와 종교, 우리는 이렇게 끊임없이 갈등을 양산하는 존재들이다.
선과 악의 공존, 평온과 고요, 그리고 연민과 질투, 모든 양면을 지닌 우리들이 만들어가는 세상의 어지러움을 본다.

4.

현실과 이상, 밤과 낮, 불행과 행복, 우리는 이 이원성을 지닌 세계에서 벗어날 수 없어 보인다. 그것은 간극의 두 세계가 아니라 우리는 내면에 그것의 이음새를 연결해줄 회로를 발견하지 못한 듯하다. 내면의 모든 양극은 뫼비우스 띠처럼 견고하게 연결되어 있다. 밤과 낮은 구분할 수 없이 매 하루 찾아온다. 그러나 우리는 여전히 그 둘을 나누어 한쪽의 어두운 면모를 불안해한다.

우리의 내면은 영원히 선과 악이 싸우는 전쟁터이다. 『바가바드 기타』를 통해 간디가 한 말처럼 어쩌면 우리 모두는 마음속 모든 상반되는 내면의 이원성과 싸우고 있는지도 모른다.

5.

노자는 성인은 근본의 하나를 안는다. 라고 말했다. 그가 궁극적으로 말하는 것은, 떼어놓을 수 없는 양면을 그대로 수용하는 분별심 없는 하나 됨이다. 상반된 성질은 거부하거나 피할 수 있는 것이 아니라 포용해야 하는 그 무엇이라고 말이다.

재미있게도 융은 자신self이란 무엇인가 라는 질문에 *자기란 저의 중심이 어디에나 있고 저의 경계가 어디에도 없는 하나의 원입니다.* 라고 말했는데, 그의 말과 힌두 경전에서 언급되는 '브라만'이나 '아트만'도 다르지 않아 보인다. 니체가 언급한 초인uebermensch도, 헤세가 말한 선과 악을 다 지니고 있는 아프락사스 역시도, 모두는 다른 이름으로 명명했지만 하나인, 그 무엇을 말하는 듯하다. 불교에서 말하는 물아일체와 무아의 개념도 다르지 않아 보인다. 모두는 일체라 불리는 그 무엇을 다 다른 언어로 말하고 있는 듯하다.

사물과 본질을 분리하려는 마음을 버리고 이것과 저것이 아닌 순수한 원형의 조화를 이룰 때, 그리하여 그것이 하나의 전체가 될 때, 우리는 우리가 본질적으로 말한 무엇을 발견한다. 그것을 누군가는 영원 혹은 내면이라고 말했고, 누군가는 그것을 유일신이라고 말했다.

그 무엇을 알 수는 없지만, 우리는 과학에서, 종교에서, 철학에서, 또 여러 학문을 통해서, 혹은 신을 통해서, 인간 의식의 한계 너머에 있는 그 무엇을 알고자 한다. 이 주제가 늘 내 관심사이기도 하다. 그건 무엇일까. 어디에 있을까. 환한 무의 세계, 영원의 세계. 그것을 나는 어디에서 찾는 걸까.

주관적인 것을 의식하지 않고 객관적인 것을 의식하지도 않는다. 그것은 둘 다 의식하지 않는다. 그것은 모든 것을 의식하지도 않고, 단순한 의식도 아니며 그렇다고 무의식도 아니다. 그것은 눈에 보이지 않고 통제할 수 없고, 손으로 붙잡을 수도 없고 구별할 수도 없다. 그것은 생각과 설명을 초월한 자아의 상태이다. 그것은 이중성이 없는 고요하고 온화한 발전의 끝이다.
- 『우파니샤드』

6.

그러나 아이러니하게도 우리는 그 단 하나를 발견하기 위해 또다시 그것과 그것 아닌 것을 분리해내고 있다. 학파와 학파, 종교와 종교, 상징과 상징, 그리하여 다시금 인간은 그 무엇에 영원히 가까워지지 못한 채, 이념의 틈새를 더 벌리고 있는 건 아닐까. 우리가 찾는 그 무엇에서 더 멀어져가고 있는 건 아닐까.

아무런 판단도 내리지 않고 무아의 상태에서 거울을 보는 것과 같이 자신의 혼란된 마음의 움직임을 있는 그대로 관찰하고 이해했을 때만 우리는 존재의 진리를 깨달을 수 있고 참으로 자유롭게 살 수 있는 것이다.

- 크리슈나무르티

보이지 않는 것으로부터의

1.
내가 슬픔을 느끼고 행복을 느끼는 그곳은 어디인가. 그것들이 머물다 떠나가도록 하는 것은. 나는 나의 어떤 기원을 가지고 있을까. 그것에 어떤 이름을 붙일 수 있을까.

나를 움직이는 요소들을 생각해본다. 사랑과 의지, 호기심과 영혼, 한과 슬픔, 사유와 신념, 그리고 희미하다가도 한번씩 번뜩이는 섬광 같은 희망들, 이토록 나를 움직여 살아가도록 하는 동력은 형상 없는 것들, 공기, 마음, 꿈, 나를 나아가게 하는 것은 이렇듯 보이지 않는 것뿐이다.

2.
육체를 믿을 것인가, 마음과 영혼의 믿음으로 육체를 움직일 것인가에 따라 도달할 수 있는 마음은 달라 보인다. 몸은 언제나 영혼이 자유롭게 제 일을 하도록 보조한다. (그러나 생각과 사고만을 따라가는 사람은 내면에 갇힐 것이다.)

3.
오래된 예배당과 성스러운 고대 유물들, 높은 첨탑의 조각들, 개미의 눈으로 새긴 듯한 만다라와 탱화들, 광기의 화가와 작가의 작품들, 세상의 모든 기적들. 불가능을 가능케 하는 힘은 어디에서 나왔나.

영혼의 일

몸은 영혼이 하루 치의 식량을 공급받고 잠시 생활하고 있는 안식처이다. 윤활하지 않는 몸, 기관, 혈관, 심장은 내부에 곰팡이가 서식하기 좋은 집과 같다. 모든 웅숭깊은 방은 빛이 닿지 않아 척박하다. 영혼은 그런 몸의 장소를 좋아하지 않는다. 창 없는 육체는 환기가 되지 않는다. 세계와의 내통이 어렵고, 고여 있는 영혼은 병이 들고 만다.

오감은 세상과 밀착한 채 청진하는 역할을 해준다. 건강한 식사를 할 것. 영양소를 섭취하고 발생한 에너지원을 좋은 마음에 사용할 것. 살갗과 숨구멍을 열어 좋은 공기를 찾아 마실 것. 좋은 영혼을 지닌 사람과 상호 교류할 것. 키 작고 좁은 집에 기거하는 이 혼이 어떻게 삶을 이끌어낼 것인가. 마음은 어떤 방식으로 저 멀리에 있는 당신에게까지 뻗어나아갈 것인가. 그 힘은 어디서 오는 것인가. 나는 그런 것만이 궁금하다.

나는 살갗 아래 보이지 않는 막대한 무엇을 감각하고 있다. 그것을 영혼이라 불러도 좋고 마음이라 불러도 좋으며 생의 의지라 칭해도 좋다. 그것이 이 안에서 굶주리지 않고, 병들지 않으며 안락하게 생활하기를, 그리하여 힘이 닿는 데까지 육신을 이끌고 닿고 싶은 곳까지 저 멀리 걸어보기를 바란다. 몸을 지니고 있는 한, 그것이 속박을 느끼거나 움츠려 병들지 않기를 바랄 뿐이다. 세상에 둔감해지지 않기를, 전율하기를 심장이 계속 펌프질 하기를, 건강해진 육신으로 더 큰 세계를 향해 사방으로 뻗어나가기를 바란다.

사유의 정원

마지막 새의 눈빛

아이들의 웃음소리가 떠나간 놀이터에 땅거미가 내렸다. 검은 비둘기 한 마리가 모래 한가운데 오래 서 있었다. 노른 눈동자와 검은 동공. 내 눈을 뚫어지게 응시하는 새는 날아가지 않는다. 한 자 가까운 거리에 다가가본다. 손을 뻗어 닿을 거리에 쭈그려 앉아보지만 새는 미동도 없이 그대로 있다. 날지 못할 만큼 노쇠했거나 병에 걸려 무리에서 버림받은 건 아닐까, 누군가 뿌려놓은 독약 때문은 아닐까. (마을에는 비둘기의 개체 수를 줄이기 위해 모이를 가장한 독약을 뿌리는 사람들이 있다는 소문을 들었다. 그것을 먹어서인지 알 수 없는 이유로 비둘기와 고양이들의 사체가 종종 발견되기도 한다.)

최후의 눈빛은 마지막 생의 의지를 다하고 있었다. 나는 이상한 연민의 마음이 들끓었다. 어쩌지, 누군가가 다가가 저 비둘기를 훼손할 수도 있을 텐데, 속수무책인 상태로 그 자리에서 최후를 맞을 수도 있겠는데.

남회색 날개는 빛을 받아 잠시 반짝이는 발색을 띠었고, 꼬리는 살짝 떨다 말기를 반복했다. 그 신호를 나는 알아들을 수 없었다.

우리는 말없이 가까이 서로를 바라보았다. 우리 사이로 어떤 마음이 오간 듯했다. 나는 해칠 마음이 전혀 없다. 그렇다고 우리가 친구가 될 수는 없다. 새는 나를 경계하지 않았다. 힘겹게 숨을 쉬고 있는 듯했다. 서 있는 것조차 힘들어 보이지만, 내가 살릴 방법은 없어 보인다. 저 작은 것이 견디고 있는 죽음의 무게는 결코 가볍지 않다. 나는 새를 두 손으로 들어 올려 숲으로 데리고 갈까, 어떻게 살릴까 잠시 고민을 했지만, 그것이 얼마큼 그를 위한 일인지는 알 수 없었다. 동정과 연민은 인간의 생각일 뿐이라는 생각도 잠시 들었다.

나는 자리에서 일어나 다시 나의 길을 가야만 했다. 비둘기는 저보다 커다란 인간이 일어설 때도 화들짝 놀라 달아나지 않았다. 나는 비둘기의 선명하게 초점을 맞추던 마지막 눈빛을 주워 담고 그 자리에서 떠났다. 오래 마음이 쓰였다. 날았을까, 누군가 손에 닿았을까, 차라리 몇 발자국 더 걸어가 마른 자작나무 밑동 아래 동사하는 편이 나을지도 모른다. 인간의 매서운 손길로부터 부디 잔혹한 최후를 피했으면 바라고 바랐다.

새는 그날 이후 나에게 두 개의 구슬을 주고 떠났다. 선량했던 눈동자, 그것이 어떻게 지금까지 이 마음 안에 남았는지 모르겠다. 나는 그 눈으로 바라보았을 하늘 높이 나는 새들과 오랜 벗인 메타세쿼이아, 전나무 꼭대기에서 바라보았을 지상의 낮은 것들을 그의 눈을 통해 바라보았다. 씨알 한 톨을 발견하기 위해 최대치로 허기졌을 필사적 몸부림을 본다. 세상은 넓었고, 모두는 다 다른 얼굴을 지녔으며, 늘 시끄러운 소리로 거리를 활보하곤 했던 인간의 목소리, 누군가의 알 수 없는 울음소리, 흰 눈 덮일 때 더 고요히 잠이 든 마을과 마을, 활달한 짐승들의 눈을 피해 떠돌 때 바라본 달빛과 그 환한 공터의 착지를, 까슬까슬한 모래를 힘차게 걷고 상승하던 수만 번의 날갯짓을,

어떤 마음은 나를 더 많이 감동하고 살도록 하며 떠나간다. 나는 나의 날갯죽지를 찾아본다. 그리고 여기서 앞으로 날 수 있는 날갯짓의 유통기한 따위를 생각해본다. 여전히 두 개의 구슬이 내 손에 놓여 있고, 나는 그날의 기억이 떠오른다. 생과 사를 동시에 바라보던 긴장의 순간, 마지막 최고치로 빛이 났던 생의 의지.

나는 오늘이 최초로 힘찬 비상이기를 염원한다.

죽은 산책

산책길에서는 우연히 이웃과 마주쳐 동행을 하기도 한다. 길을 걸으며 피어나는 꽃들과 부는 바람을 같이 느끼기도 하고, 생각을 비워내며 걷게 하는 사람이 있다. 반면 사회문제와 의견, 입장만을 강경하게 앞세워 걷는 사람이 있다. 누군가와 걸으면 마음이 맑게 비워지기도 하고 때로는 더 복잡한 심경으로 하산하기도 한다. 그날의 산책은 산책을 안 한 것보다 심신이 무겁다. 인간은 왜 평화로운 침묵 사이로 확고한 의견을 타인에게 자주 피력하려고만 할까. 그런 사람을 마주하면 이제 막 열었던 마음의 문을 황급히 닫아버리게 된다.

자연의 품에서 가만히 투과되며 걷고 싶었다. 나는 단지 울창한 자연의 침묵 속에서 조용히 발자국을 찍고 싶었을 뿐이다. 전나무 숲길을 지나면 나무와 나무 사이를 소요하는 음유시인인 바람, 생동적이고 역동적인 날갯짓을 하는 새들을 만나고 싶었을 뿐이다.

의견은 벨을수록 하나의 칼날처럼 날이 서 있으며 그 결에서 바람은 인간의 사고와 의견을 통과할 수 없었다. 점차 경직된 채 말의 테두리를 부딪치며 내려와야 했다.

나에게 산책은 뇌의 활동을 휴식한 채 살아 있는 책을 읽는 것에 가깝다. 그것은 확고한 내 시야를 허물어 세상에 여과시키는 것과 같다. 비로소 긴장을 풀고 해체되는 것이다. 이따금 타인들 곁에서 죽은 산책을 하곤 한다.

영혼과 의식

1.
모든 이들과 소통한다는 것은 꽤 어려운 일이다. 맑게 정화한 마음이 불현듯 준비가 안 된 자들의 방문에 쉽게 탁해지기 때문이다. 때론 영혼의 속성은 물줄기를 닮았다. 강의 하류로 갈수록 물빛이 탁해지는데, 역류의 힘을 쏟지 않고서야 맑은 것이 검은 것을 변화시키기가 더 어려워 보인다. 오염되고 검을수록 내면이 물들기가 쉽다. 혼몽하게 색을 잃은 영혼이 정화할 시간도 필요하다.

2.
의식은 영혼의 그 곁에서 상호 동반자의 역할을 수행한다. 의식은 사고와 이해를 위해서만 필요한 것이 아니다. 영혼만을 위한 분별심을 발휘하기도 한다. 인간이 지닌 의식은 자신을 향할 때 건강해지는데, 흘러들지 않아야 할 수로를 여러 경험의 변수를 통해 익히고 방향을 잡아주기도 한다.

밤하늘

여느 때와 같이 밤하늘을 보고 있었다. 소낙비가 한바탕 내린 흙 내음을 신신한 공기와 함께 오욥하고 있다. 요즘 대외적으로 언론이 참 심란하다. 인간세계는 참 시한폭탄이다. 사회경제 모든 분야가 다 그렇다. 풀벌레가 아무것도 모르고 울고 있는 밤. 이곳 돌담 벽 넘어서 가지를 뻗고 있는 마당의 대추나무며 모과나무며 가시덩굴엔 벽이란 의미가 없다.

인간만이 금을 긋고, 풀들만이 금을 넘는다. 민들레 홀씨가 사방으로 날아가 뿌리를 내리며, 경계는 없다며 자유를 몸소 보여준다. 인간만이 스스로 경계를 만들고 경계에 갇히고 경계를 두려워한다.
모든 집이며 대지며 인간이 지나간 자리, 발길 닿는 곳마다 꼭 구역과 경계가 생긴다. 너의 것과 나의 것을 나누고, 내 편과 네 편, 의견의 장벽, 편견과 관념, 무수한 규율을 짓는다.
저 넓은 밤하늘 어디에도 경계는 없다. 지구라는 작은 별에서, 그 작은 별 속의 작은 나라에서, 모두가 분열과 갈등 속에 살아가고 있다. 별빛이 숨 막히는 지구를 향해 깜빡거리고 있다.

인간은 자연을 파괴하는 존재가 아닌 자연과 하나로서 조화를 이루는 생물과 다름이 없다. 자연스럽게, 나는 그저 있듯 없듯 조용하고 평화롭게 살고 싶다. 강요하거나 내세우지 않고 경계 짓지 않더라도 스스로 제 할 일을 하는 자연의 자기 규칙 속에서 묵묵히 살아가고 싶다. 자연은 남을 헐뜯고 비난하거나 소외되지 않으며 제 역할을 수행하는 것만으로도 세상을 이롭게 한다. 침범하고 빼앗지 않으며, 훈계하거나, 분열하지 않는, 그런 인간세계를 늘 꿈꾼다.

자신의 경계

오늘도 나, 라는 확고한 자아가 나와 타자를 분리한다. 편견은 나와 세상 사이에 경계를 형성한다. 그 경계는 물과 기름처럼 세상을 분열한다. 내 의견과 너의 의견이 생기고, 이해하지 못함과 이해되지 못함이 생긴다. 고통은 그 틈새에서 생겨난다. 내가 아닌 것들로부터 끊임없이 생각이 움트고 깊은 상념에 빠져 결국 여기 존재하는 진짜 나를 계속해서 놓친다. 나를 잃고도 그 사실을 망각한 채 나 외의 것들만을 계속 생각한다.

스스로가 없는 자리에는 부정적 감정이 커지고, 제가 만든 상상의 감정에 스스로 상처를 받는다. 그리고 자신이 정의 내린 경계선 안에서 세상을 등진다. 고립되고 격리된다. 외롭다는 감정이 반복된다. 대체로 우리는 자신의 경계를 허물지 못하고 갇힌 채 살아간다. 나, 라고 믿는 확고한 아집, 고집 때문일 것이다.

인간은 이 반복 속에서 자유로울 수는 없어 보인다. 여기서 자유로운 건 이곳 나무, 바람, 물, 끝없이 펼쳐진 하늘, 그리고 아무것도 모르고 태평하게 오수에 빠진 우리 집 강아지뿐이다. 나무가 나무를 모르고 바람이 바람을 모른다. 물은 물을 모르고 흘러간다. 자연은 고통이 무엇인지, 자신이 누구인지조차 관심 없다. 다만 의지를 다해 생명을 행할 뿐이다. 나무들은 제 할 일을 멈추지 않으며 색색이 개성이 있으나 누구 하나 자신을 뽐내지도, 탓하지도 않는다.

그런 방식으로 세상에 이로움을 행한다. 입장 없이 침묵으로 세상을 끌어안는다. 만약 진짜 신이 있다면 대자연일 것이다. 신도 자연 속에서 깨달음을 얻었다.

관계뿐만이 아니라 세상 모든 고통의 시작이 나 스스로 만든 경계에서부터 시작된다는 걸 알면 나와 남이라는 분별이 얼마나 무모한 건지도 알게 된다. 저마다 제각각 다른 형상의 초록 나무들도, 자연이라는 하나의 공동체와 조화 속에서 계절이 이어지듯, 나 역시 세상을 편견하고 관념 짓지 않는 사고로부터 차츰 내가 설정한 착각의 경계를 허물어뜨리고 넓은 세상 그대로 포용했으면 한다.

그러나 유감스럽게도 나이가 들어갈수록 관계는 점차 어려워진다. 어른이 된다는 것은 자기 관념의 장벽이 높아져 자신도 이제는 무너뜨릴 수 없기에 이른다는 것.

합리화와 거짓이 서로의 거리 사이에 난무한다. 저마다 자신만은 다 안다는 얼굴로 살아간다. 마치 자신만은 아무것도 모르는 사람 같다. 저마다 자신만은 영원히 살 것 같은 표정들이다. 나 역시 그런 어른이 되어간다.

그런 사람들을 만나고 싶다. 진심 어린 마음, 말을 하지 않아도 편견으로 바라보지 않고, 대화한다면 내가 당신이 되기도 하고 당신이 내가 되기도 하는, 서로의 사이사이에 통풍이 되며 울림이 있는 만남. 텅 비어 공명하는 무한한 마음으로 누군가를 만나는 게 좋다. 편견과 입장, 머리가 아닌, 공감과 마음과 심장으로 만나는 만남. 물과 기름이 아닌 물과 물의 흐름처럼 섞이는 그런 마음의 만남.

카비르

현실 세계 속에서 우리는 대체로 선의 영향력을 따라가기는 쉽지 않아 보인다.
강자와 악의 무리 속에서도 선을 놓치지 않는 사람들이 있다. 어떤 상황에서도 나는 그들의 족적을 따라 살아가고 싶다. 그중 내가 좋아하는 카비르라는 옛 시대의 현인은 베를 짜는 일을 하며 살았다. *세상의 이치를 깨닫고 높은 영혼의 경지에 도달했으면서도 비범함을 내세우기보다는 평범함으로 둔갑했고, 앎을 내세우지도 않으며 늘 상 침묵의 웃음과 함께했다고 전해진다.** 그는 안다고 말하기보다는 모른다고 말하곤 했다고 한다. 그런 그를 바보처럼 여겨 손가락질하는 사람들이 많았지만 억울해하지 않으며, 세상의 편견 속에서도 자유로이 노래를 부르고 춤을 췄다고 한다.

무엇보다 다른 현자들과 달리 카비르가 존경스러운 점은 세속에 찌들지 않으면서도 속세를 등지지도 않았다는 것이다. 세상의 중심에서 열심히 일해나가면서도 누구보다도 아이처럼 순수한 마음을 유지해나갔다고 한다. 그것이 이 인간세계 속에서 얼마나 힘든지는 잘 알 것이다. 아

* 오쇼 라즈니쉬의 말에서.

무도 해내지 못한 선을 스스로 이루어낸다는 것은 속세에 물들어 사는 것보다 곱절 이상으로 어려운 일이다. 그럼에도 불구하고 나 역시 그처럼 살고 싶다. 평범하게 일하며, 소박함으로써 더 자유로우며, 자신의 인식조차 넘어선 맑은 아이를 살아내고 싶다고 생각한다. 그렇게 살고자 하는 생각도 들지 않도록 아이의 순수성으로, 누가 뭐라고 하더라도 휘둘리거나 상처받지 않을 단단한 마음과 함께 말이다.

사람과 사람들

1.

사회 속에 있을 때면 나는 조금 다른 감각으로 사람들을 마주하게 되는데 인간이 아닌 인간 형상 안의, 그 무엇을 바라본다. 나에게 외형은 위험으로부터 보호하고 감싸는 피막에 불과하다. 간혹 주먹만 한 짐승의 울림이 인간의 것보다 더 거대하게 다가오기도 하고, 때로는 화려한 장식을 한 인간에게서 영혼 없음을 보기도 한다. 수다스럽고, 허울만 좋은 쭉정이 같은, 오염된 영혼이 쓰고 있는 화려한 외형, 이런 시각은 나의 사람과의 관계 형성이 얼마나 일반적인 것과는 다른지 알 수 있다. 나의 관계 편향에 타인은 어쩐지 특이하다고 말할 수도 있겠다.

단지 나는 그것을 본다. 몸을 믿을 것인가, 마음을 믿을 것인가.

2.

대체적으로 편애하는 사람들은 스스로 자신이 지닌 마음의 위력을 알고 그것을 자발적으로 운용하며 타인에게 어떤 해를 끼치는지 고민하는 사람들, 영혼의 샘물을 스스로 채워가는 사람들이다. 그리고 깊고 맑은 그것을 다시금 타인에게 내어주는 사람들이다. 그런 사람들의 만남은 늘 마르지 않는 오아시스 같다.

그들도 사회적으로는 평범한 일상을 산다. 사회 속에서 일을 하고 평범한 하루를 보낸다. 성인은 깊은 산속에서 토굴 수행을 하는 스님이나 신전의 성자들이 아닌 이 현실 속에 발을 담근 채 어지러운 세상 속에서도 자신의 조각들을 끊임없이 깎는, 그러나 사회에 물들지 않는 사람들일 것이다.

타인의 울림을 좇지 않으며 스스로가 그런 울림이 되고자 전 생애를 몰두하는 사람들 말이다. 어떤 마음에도 스미며 따스한 빛으로 온기를 채우는 사람들이 있다.

3.

늘 나를 앗아가는 것은 언제나 환상과 관심으로 다가오는 사람들이었다. 나는 그들이 듣고 싶어 하는 말을 할 수 없고, 그들이 원하는 것을 해줄 수 없었다. 그들이 보고 싶어 하는 것을 나를 통해 보고자 할수록 나는 실망만 안겨주는 사람이 되곤 했다. 그런 환영과도 같은 관계에 슬픔을 느끼곤 했다. 그런 만남은 진심이라기보다는 진심을 가장한 욕망에 가까웠고, 그것이 나의 내면을 쉽게 어둡게 했다. 쉽게 물들어 갈수록 문을 굳게 닫아보는 것으로 나를 방어하곤 했다. 그 방식은 또다시 내가 환기되지 않는 밀실로 나를 몰아 가두는 방식과도 가까웠다. 개인의 불안과 욕망은 때로는 함께 시들어가기 좋은 환경으로 유인하게 된다.

나는 늘 어떤 만남을 바란다. 나를 안정감 있게 해주는 사람들은 함부로 방문을 열고 제집처럼 살고자 하기보다는 거기 존재해주는, 자신을 다하는 사람들에 가까웠다. 때로는 무심하게, 그러나 세심하게 우리가 개별적으로 우리를 다하는 방식이 나에겐 가장 자연스러운 진심에 가까웠다.

4.

무심하다고 해서 마음이 없는 것은 아니다. 마음은 주고 받는 것이 아니라 서로의 창과 창 사이로 내통하는 차분한 바람 같은 것이니 그것은 욕망이 없어 맑은 소리를 내고 오래 진동한다.

나는 제집을 떠난 영혼보다 자신의 내실에서 거리를 존중해주는 자신의 존재감을 가지는 사람이 맑고 환하게 느껴진다. 그곳에 닿지 않더라도 마음이 그곳의 자리를 느끼게 해주니까. 그보다 꺼지지 않고 가까운 마음은 없으니까.

5.

빈집은 더 맑고 크게 공명한다. 그리하여 어떤 울림이 전도된다. 우리는 얼마큼 마음을 비워내며 살까. 사념과 관념, 지성을 높이 쌓은 방은 외부의 울림을 방해하기도 한다. 통풍되지 않는 내면은 퀴퀴한 냄새를 풍기며 저 혼자 갇히곤 한다.

우리가 우리이기 이전에 우리가 되려면 필히 내실을 비워둬야 한다. 바깥의 노크 소리가 잘 들리게, 아주 작은 휘파람 소리가 이 안에 가득 울려 퍼지도록, 그것만이 마음과 마음이 내통하는 길이라는 생각이 든다.

마음은 이항대립이 아닌 공명이라서 환기를 자주 하고, 통풍이 잘 되는, 자신의 내실을 맑게 하고 잘 가꾼 사람의 집에 이따금씩 방문해 기분 좋은 얘기만 오래오래 했으면 좋겠다.

6.

텅 빈 하루 치의 공허를 채우는 방식이 비슷한 사람이 가깝다. 어디선가 공허를 차분히 자신으로 채우는 사람들이 슬겁다. 그들에게 마음이 끌리는 건 어쩔 수 없다.

7.
새와 친근해지려면 새의 언어를 배워야 한다. 동물과 친해지려면 동물의 언어를 배워야 한다. 누군가와 친해지고 싶으면 그의 언어를 배워야 한다. 타자를 알아간다는 것은 자신의 언어로 소통하는 것이 아니라 그의 나라를 방문해 외국어를 새로 배우는 것과 같다.

8.
내가 좋아하는 사람들과 꽃은 공통점이 있다.
불립문자. 말 없이도 편안하고 위안이 되는 마음. 어쩌면 위로는 말이 필요 없는 것이 분명하다고 생각했다.

자주적인

1.

혼자의 시간이 필요하며 소박한 삶을 추구하는 나는 사회적 시선으로 바라봤을 때, 영락없이 이기적인 사람이라는 편견에 잘 휩싸인다. 그러나 이기적이라는 말은 자신과 생각을 달리할 때 타인을 이기적이라고 단정 짓는 배타적 성격이 이기적이다. 자주적이라는 의미와 이기적이라는 의미를 혼용하는 사람들이 있다. 우리는 적당한 간격 속에서 자신의 삶을 충실히 이행하고 있다. 마치 저기 피어있는 하나의 모란처럼 말이다.

2.

한 번의 일탈도 없이 꾸준한 의지로 제 몸을 피우고 마는 꽃들의 노고가 인간의 것 이상이라는 생각은 변함없다. 꽃들은 태풍으로부터, 바람으로부터, 길손의 손길로부터 자신의 고결한 속성을 잃지 않는다. 몸이 뜯기더라도 자신의 색을 다한다.

늘 차분한 상황 속에서 침묵한다. 인고와 진통의 긴 시간을 견딘다. 시기적절한 한때를 기다린다. 그리고 발화한다, 멋지게!

3.

혼자라는 생각이 밀려오거나 왠지 모르게 적적하면 집을 나와 거리를 걷는다. 주변의 나무, 계절의 유속, 자연과 사물을 가만히 바라보며 걸으면, 결코 혼자가 아님을 느낀다. 혼자라는 생각을 제외하면 언제나 모두가 그 자리에 그대로 있었다.

숲길을 걷고 있을 때면 나는 얼마나 많은 것들을 놓친 채 혼자만의 생각에 갇히려 했을까. 이 주위를 에워싸며 어깨동무를 하고 내려다보는 커다란 나무들은 마치 이쪽을 보호하듯 든든하다.
어두운 한 사람의 적막과 우울을 쪼는 작은 새들의 지저귐은 긴장된 마음을 노곤하게 해준다.
화색이 도는 꽃들의 얼굴을 바라보며 조금 걷다 보면 그들은 내 곁에 이렇게 오래 머물고 있었노라고, 여기서 계속 기다리고 있었노라고 자꾸만 위로하는 것 같다.

"외로움이란 혼자 있는 고통을 표현하는 말이고 고독이란 혼자 있는 즐거움을 표현하는 말이다."

- 폴 틸리히

고독의 청사진

가만히 내 안에 불을 끄고 머문다. 어둡고 주변에는 아무도 없다. 오로지 나 홀로 서 있다. 소리가 사라지고 있다. 혼자서 자신을 바라본다는 일은 누구에게나 여전히 낯설고 불편한 일일 것이다.
외부로 달려 나가는 감각을 안쪽으로 불러들인다. 동공을 안으로 돌리고 귀를 닫아본다. 그리고 이제 그곳에 머문다. 깊이깊이 내게 닿는다. 수중 위로 끌어올리는 그물 같은 손길에 걸려들지 않고, 수면을 치는 바람의 유혹도 잠시 내려두고, 물속 깊은 곳으로 한동안 침잠한다.

홀로 사색하는 시간은 나를 만나는 것과 같다. 눈을 감고 바라볼 때면 희미하지만 무언가를 마주하는 것 같다. 시각을 통해 들어온 외부의 장면들을 암실에서 현상하듯 바라본다.

감각의 노출이 길어지면 상은 적당히 맺히지 않고 증발한다. 더 이상 빛이 들어와도 변하지 않도록 한동안 어두움을 인내한다. 내 안에서 나를 본다. 고요하다. 정제된 마음의 상이 서서히 나타나기 시작한다. 침묵한다. 알 수 없어 혼란스러웠던 마음이 서서히 윤곽을 드러낸다. 어두워 보이진 않았지만, 숨겨져 있었던 내면의 상이 뚜렷해지기 시작한다. 그렇게 나의 청사진을 한 장씩 수집한다. 인화된 마음은 쏟아져 들어오는 외부의 빛에도 이제 변색이 없다. 자신의 감광으로 자신의 마음을 비춘다. 세상 어느 외진 곳에 있어도 외롭지가 않다. 내 필름의 기록을 따라 자신을 믿고 머물며 나를 수집해나간다.

고독예찬

자신을 고독 속에서 마주하지 못한다면, 고독을 발견하지 못한다면 자립하고, 자존하고, 실존적인 삶을 살 수 없으니까, 스스로가 나의 세계를 살지 못한다면, 마음이 왠지 늘 불안하고 불행해지고 마니까, 나는 마음의 중심에 늘 고독의 축대를 놓는다. 흔들리는 외부의 마찰이 조금씩 사라져갈 때까지 자전하며 이 중심의 축을 포기하지 않는다. 동시에 자신의 고독 속에서 마주한 풍경들이 아프지 않도록 어루만져준다.

외로움과 달리 고독은 실존적인 삶을 살아가게 하는 생의 원천이다. 고독은 세계의 파장을 잠재우는 평정과 같으며, 넘어짐을 일으켜 세우는 마음의 중심축에 가깝다.

삶의 척추

이따금 우울한 날 바라보는 풍경은 그렇게 슬플 수가 없고, 좋은 날 바라보는 풍경은 그렇게 아름다울 수 없다. 모두가 같은 세계를 사는데도 저마다 느끼는 것이 다 다른 이유는, 결국 세상은 저마다의 마음이 바라보는 상대적인 상이기 때문이다.

마음은 자주 변덕을 부리곤 하는데 내면의 축이 약하다면, 감정에 휘말리고 자주 갈팡질팡하고 만다. 풍경과 바람에 쉽게 쓸려 가지 않도록 중심을 이루고 있는 축대가 단단한지, 쉽게 부서져내리는지에 따라 삶을 지지하는 기반이 자주 붕괴하곤 하는데 강한 중심의 골조가 필요하다. 나는 삶의 가장 중심 부위에 항상 고독이라는 척추를 심는다. 세계 속에서 휘둘리는 것이 아닌 나 스스로가 세상을 움직이는, 자존적인 삶의 척추 말이다.

고독이라는 줄거리

흰 눈이 덮인 벌판에 서 있는 한 그루의 나무는 참 고독해 보인다. 그러나 다른 눈으로 바라보면 또한 한 그루의 앙상한 나무는 되려 숲을 가장 무성하게 완성하는 듯하다. 인간의 고독, 그 기저는 저 나무의 뿌리를 닮았다. 고갱이는 생의 경험과 함께 내밀하면서도 견고하게 테를 이루며 굵어진다. 굵어지며 튼튼한 뼈대를 이룬다. (나는 이 뿌리와 줄기로 이어지는 나무의 척추를, 태생적인 고독감이라 표현하지만, 이 고독감은 슬프고 쓸쓸하기보다는 완전하고 강한 삶의 태도라고 믿는다.)
또한 줄기에서 파생된 사고, 관념과 의식은 나뭇가지를 닮았다. 잎새는 잦은 바람에도 쉽게 흔들리며 조잘대는데 인간의 감정과 심리는 이 잎사귀를 닮았다.

어쩌면 푸르던 지난 여름날의 녹음보다 다 털어내고 오롯이 혼자 남은 나무, 여백 속의 단 한 줄로 요약되는 저 나무의 골자야말로 자신을 가장 적나라하게 보여주는 듯하다. 내 삶의 줄거리를 바라본다. (줄거리는 가지만 남은 나무를 의미하는데 우리가 책에서 보아왔던 그 줄거리의 어원이기도 하다.)

겨울에서야 훤히 잘 보이는 것들이 많다. 희망이 떠나간 자리에 남는 것들, 너무 커서 더 잘 보이는 허공들, 가만히 그곳에 남아 있는 것들, 사라진 것들, 현존하는 것들, 뼈를 이루는 나무의 자세들. 비로소 매서운 인생의 한파가 들어서야 나를 잘 알아볼 수 있다. 잎을 털어내 앙상하게 남아 있는 줄거리를 바라보면 이 겨울 헐벗어 초라한 나는 어떤 자세를 하는 것인가. 묻게 되는 것이다. 나는 드러내고 싶지 않은 이 나체의 고독을 마주하고 있다. 그러니까 풍성하게 꾸밀 것 없는 나의 존재는 얼마나 기품 있는 수형을 지닌 것인가. 고독의 태도, 같은 것을 떠올려보는 것이다. 그것은 거짓 없는 나의 실체와 같다.

오롯이 서 있는 한 그루의 나무는 모두가 잠이 든 깊은 밤의 시간에도 뚜렷한 윤곽을 드러내며 달빛에 발한다.
하나의 침묵과 기품 있는 태도로 제 존재를 다하고 있다.
혹독한 추위 속에서도 움츠러들지 않는, 골자만 남은 당당한 수형, 고독하게 서 있는 앙상한 나무를 바라볼 때면 그 같은 한 사람의 글이 떠오르곤 한다.

자연의 진정한 의미를 알기 위해서는 자연을 정확히 고찰할 필요가 있다. 사실은 언젠가는 진실로 피어난다. 오성이 싹을 틔워 나무를 자라게 한다면 이성은 나무를 숙성시켜 열매를 맺게 한다. 장인이 재료를 모으듯 사실만을 쌓아놓은 이는 묘목을 어두운 숲속에 심는 것과 같다.

- 헨리 데이비드 소로

사물을 사랑의 시선으로 가늠하는 것은 외로운 시간을 고요 속에서 보낸 사람만이 할 수 있다.

- 헤르만 헤세

강처럼 마음도

풍경을 지그시 관조하다 보면 세계는 확고하고 단일한 형태로 지속되지 않는 듯하다. 자유분방하며 리듬이 있고, 유동적이다. 환경에 반응하는 인간의 감정 역시도 반응하고 역동한다. 그러나 여전히 휘몰아치는 것을 제외하면 언제나 그곳에 모든 것이 또한 존재한다.

아무리 거친 물줄기를 지녔다고 해도 강은 쉽게 휩쓸리지 않는다. 천년, 만년, 흐르는 물들을 다 받쳐주며 그곳에 있다. 강물은 아무리 흘러도 강물로 거기 있으며 강은 강대로 있다. 모든 변화의 뒤척임 속에서 나 역시 오래 나로서 존재한다.
그러니까 이렇게 생각해볼 수도 있다. 나는 흐르는 강물이 아니라 강물을 받쳐주는 지대에 가깝다. 우리는 떠나보내지 못하는 감정으로부터 자주 아프다는 생각이 든다. 감정의 유속을 자꾸만 나라고 오인하기 때문이다. 감정을 흘러가지 못하게 가두고 고립시키기 때문이다. 토양을 바라보지 않고 격변하는 것을 자꾸만 나라고 믿는다면 혼돈은 가중되고야 말 것이다. 중요한 것은 오고 가는 마음들을 남김없이 흘려보내야 한다.

강과 물은 저마다의 역할이 있다. 강은 수로를 대어주고 물은 물길을 따라 관통한다. 때로는 감정과 나를 분리하여 바라볼 필요도 있다. 감정에 휩쓸리기보다는 그것들이 잘 지나가도록 넓게 유속을 받쳐주는 것이 좋다.

지나고 보면 요동치는 감정이 힘든 것만은 아니었다. 그것은 나를 이롭게 한다. 고이거나 내부로 썩지 않게 감정은 차오르고, 빠져나가고, 또다시 새로이 채우고, 흐르며 생명을 펌프질 하게 한다.

세계이므로,

간혹 나무를 바라보면 그런 생각도 든다.
나무가 죽으면 잎새는 다 죽는다.
세계이므로,

풀잎 하나 지면 나무는 영향을 받지 않지만
그러나 나무가 죽으면 풀잎은 다 같이 죽는다.
제 몸 하나 매달린 것보다야 매달린 것이 많은 삶이
더 고단하다.

인간도 그와 같아 저를 깊이 끌어 쓰는 사람이 있고, 그 물을 빨아 마시며 사는 사람이 있다. 나무 같은 사람이 있고, 이파리 같은 사람이 있다.

매달린 것이 많아 고된 삶을 사는 동안에도
꼭 뿌리는, 지켰으면 한다.

세계이므로,

마음의 업무

마음은 찾는 것이 아닌 그 자리에 있는 것. 마음은 좋아지는 것이 아닌 원래 그대로 좋은 마음을 잃지 않는 것. 평온은 마음의 일탈이 아닌 심중 깊이 침묵하는 것.

혼란을 정제하는 유일한 방법은 외부의 세계가 아닌 내 안에서이다. 나를 방심하면 나를 잃어버리고 이내 불안과 상념이 밀물처럼 밀려든다. 급기야 나는 감정의 파도와 혼돈 속에 휘몰아치게 된다. 매 순간 심리와 감정을 주시하고 똑바로 바라볼 것. 수시로 망각하는 마음을 꾸준히 자각할 것. 나를 자주 앉혀놓고 대화할 것.

누군가가 미워진다면 미워하는 내 마음을 열어볼 것. 누군가가 화가 나게 한다면, 그 화나는 내 마음을 반성하고 다독일 것. 모든 갈등의 원인은 내 안에서 나오는 것이므로.

머리로 이해되는 일은 마음으로 실천하기 어렵다는 것. 마음은 한순간 무너져내리기도 하고 한 발짝 도태되기도 하는 것. 그러나 마음은 또한 무너뜨려도 다시금 쌓을 수도 있는 것. 긴장을 늦추지 말 것이며 나를 바라보는 일에 나태해지지 말 것. 넘쳐나면 비울 것. 또다시 넘쳐나면 또다시 비울 것. 매 하루 잊지 말고 그것을 할 것.

믿는 마음

내가 아는 마음과 사람들이 생각하는 마음은 많이 다른 듯 보였다. 환심과 진심은 다르다. 관심과 진심도.
나는 제한 없는 이 마음을 알기 위해 어쩌면 모든 것을 다 쏟아붓고 사는지도 모른다. 적어도 내가 믿는 마음은 타인을 향한 마음이 아닌 온전히 내 안에서 전체를 깨워 그 무엇이 되어버린 마음이다.

그러니까 오고 가는, 뒤흔드는, 일으키는, 잠식하는, 모든 이변적이고, 역동하고, 변화하고, 교란하고, 사라지는 것을 제외하면 거기 그대로 있는 그것. 그것이 내가 알고자 하는 마음의 전부였다.

일상의 뒤틀림 속에서도 거기 그대로 있는 그것이 어떤 것인지.
나는 내 의식의 깊이 내려앉아 바라본다. 그 마음만을 위하고 싶다.

바라는 것도 없고, 원하는 것도 없는,
붙잡는 것도, 끌고 가는 것도 없는,
거기 그대로 있는,
실망하는 것도, 기대하는 것도 없는,
늘 요동 없이 있는 그것이 마음.

기민한 감각

삶 앞에서 우리는 예민하다는 말을 사회적 약속처럼 종종 부정어로 쓰는데 사실 산다는 것은 저마다 자신의 삶을 조금 더 예민하고 섬세하게 다루는 일 아닐까. 고대 유적지의 유물 발굴단처럼 까다롭게 탐색해야 하며, 악기의 현을 켜는 악사처럼 섬세해야 하며, 세필로 정밀화를 묘사하는 화가의 손길처럼 몰입해야 하며, 이른 아침 초를 켜고 두 손을 모아 기도를 올리는 성자처럼 간절해야 하는 것 아닐까. 모든 예술과 역사를 본다. 예민하고 기민하지 않고서는 일구어낼 수 없는 기적들을 본다.

우리는 거대대중이라는 시류에 편승하여 흘러가는 듯하지만, 그 흐름 속에서 묵묵히 결국 자신이라는 작품을 인내와 섬세한 묘사로 완성해나가는 사람들만이 결국 세상이라는 흐름의 물줄기를 바꾸어내는 것은 아닐까.

타인이 손가락질할 때, 현자는 바보가 되기를 꺼리지 않으며 혼자된 방에서 긴 시간 마음을 공들여 거대 우주를 짓고 있다. 그 행위를 포기하지 않는다면 큰 믿음은 감추려 해도 드러날 수밖에 없다. 세상에 없는 영롱한 빛.
언젠가는 그 빛이 사나운 맹인들을 길들이며 자신의 삶 속으로 이끌어 갈 것이다.

나는, 뛰고 있는 심장에게

마음을 돌보라고 말할 수 있는 유일자다.

남의 집 담장 사이에 피어난 꽃들은 인간이 규정한 시간, 이름, 단어, 경계에 얽매임이 없는 자유로운 몸을 지녔다.

끝과 동시에 시작하는 한 해의 경계는 누가 만들었나, 우리는 왜 세상에 속해 매번 명찰을 달아야 할까, 내 이름도 모르고 내 나이도, 직업도, 언어도, 며칠인지도, 아무것도 모르는 우리 밤이랑 오늘은 오래 눈빛을 교감했다. 서로 너무 많은 대화를 이해했고, 더 깊이 믿었다.

그거면 되지 않을까, 내년에도 자연과 밤이와 내 사람들과 그것을 살아야지.

자유는, 행복은, 사랑은 우리가 안다고 했던 모든 이름을 지우는 데에 있으니까.

목련꽃 조명이 켜지면 한밤에도 눈부셨다.
아직 바람이 차가운데도 벌써 꽃잎이 툭툭 떨어졌다.
이제 막 봄이 도착했는데, 벌써 가느냐고, 아쉬워하다가도
목련꽃은 봄을 먼저 알리고 가는 업무만 맡았나 보다.
오늘도 긴 산책을 했다.

밤이에게 더 큰 세상을 구경시켜주고 싶다고 말하려다가, 밤이에게는 이 작은 세상이 가장 행복할 수도 있겠다는 생각이 들었다. 내가 있고, 꽃이 있고, 바람이 있고, 햇살도 있고, 다 있구나! 그럼 되었지. 나도 그래. 이런 게 행복이라는 걸 진작 알았다면, 그리 큰 세계가 필요하지 않을지도 몰라.

나는 이제 이 작은 울타리를 지켜내기 위해 담장 너머 모든 세상의 맹인이 될 각오가 되어 있다. 밤이와 꽃, 바람, 햇볕, 하늘, 그것만으로 난 다 가졌다고 말할 수 있는 마음을 얻었으니까. 어쩌면 이곳이 가장 커다란 낙원일지도 몰라. 오늘도 잘 살았다. 하루의 끝자락에서 눈을 감으면, 밤이와 꽃들만 가득한 숲이 펼쳐질 때가 있는데, 그날은 가장 행복한 날이다.

숲과 책, 그리고 밤이와 늘 함께 생활하는 이유는 단순하다. 그것은 단 한 번도 타자에게 상처를 주지 않았기 때문이다. 그럼에도 치유해주지 않은 날도 없다. 우리는 지구상에서 가장 건강한 공생관계를 이어가고 있다. 이 생활이 오래 지속되기를 바랄 뿐이다.

아직 나에겐 유통기한이 넉넉한, 꽁꽁 창을 닫아도 말갛게 스며드는 햇살과 사랑하는 식물이 있고, 조금만 나가면 내 집이라고 말해도 무방한 너른 숲과 새소리가 있다. 같이 걸을 수 있는 밤이도 있고, 총총 뛰는 토끼 같은 멋진 친구들이 있다. 그 정도로도 감사하다고 말할 수 있다. 여기 보이지는 않지만, 모두가 모르는 이 일상이 내겐 가장 중요한 것은 분명하다.

행복하여지자면 주변 사람들에게
너무 신경을 쓰지 말아야 한다.

- 알베르 카뮈

순례의 길

이곳은 아무도 알아주지 않는 고원지대, 나무들의 키가 작아지고 길이 사라져버린 곳. 산짐승의 발자국조차도 없는 곳. 메아리가 타고 오를 수 없는 산비탈과 기암절벽, 정상을 향한 몸부림, 이제부턴 오로지 혼자 인내해야 하는 광활한 고독. 이제는 존재만이 달빛처럼 환해질 빛과 어둠의 풍경, 그 내면에서 온통 자신과 투쟁해나가는 사람, 오로지 혼자뿐인 사람, 그리하여 생의 정상에서 영원히 자신이 된 사람.

나는 앞서 놓여 있는 성인들의 발자취를 좇고 있다. 나를 부르는 산의 메아리를 듣는다. 온전히 스스로가 개척한 길을 걷는다는 것은 많이 외로운 일이다. 그럼에도 불구하고 끌림을 다해 나를 살아내고자 한다.

약하고 불안한 감정들이 악을 범하는 인간세계, 그 전쟁터 지나 조금 더 높은 산정에 올라 아래를 내려다보면, 조금 전까지 나를 점령했던 불안과 고통이 어느새 인간을 향한 연민의 감정으로 바뀐다. 오르면 오를수록 시야의 원경이 점차 넓어지며 나를 힘들게 했던 곳에서 벗어나 전체를 내려다볼 수 있게 된다.

혼자만의 길을 걷는다는 건 마치 험준한 산을 오르는 것과 같고, 인적이 끊긴 설원과도 같다.
점점 발길이 끊긴 한계상황에서 이해받기 어려운 장면이 많아지고, 설명할 수 없는 말들만 늘어간다. 하얗고 까마득한 무를 향해 홀로 걸어가는 순례자들은 외롭다. 그러나 텅 비어버려 모든 것을 보게 되며, 외로움은 좀 더 단단한 빛으로 채워가게 될 것이다.

어떤 어려움 속에서도 자기 신념은 휩쓸리지 말 것. 타인이 나의 방향을 나무라고 차이를 묻거든 가볍게 인사할 것. 머뭇거리지 말고 내 방향만을 믿고 따라갈 것. 행위 속에서 더 많이 외롭고 아플 것. 알 수 없지만, 이곳 선명히 지시하는 내면의 방향을 따를 것. 그것만을 따를 것.

나 자신의 계율을 등불 삼아 살아갈 것.
- 자등명 법등명

홍 단풍

이곳 정원에서, 계절의 이동을 바라보는 것만큼 내게는 선명하고 중요한 일은 없는 듯하다. 한 해 동안 여전히 똑같은 자리에 앉아 이 변화하는 풍경을 바라본다. 서산에서부터 시원을 알 수 없는 바람이 몰려들고 있었다. 분명 나지막한 언덕을 타고 있는 붉은 바람이었다. 홍 단풍은 가을을 지휘하면서 다시는 돌아오지 않을 저편으로 넘어가고 있었다. 단풍의 어원을 알지는 못하지만 분명 수천 년 전에 단어를 만들던 사람도 분명 나처럼 이 붉은 바람을 보았겠지. 붉은 융단을 깔고 거대하게 하산하고 있는 단풍의 환호와 가열찬 발걸음을 보았겠지. 영문도 모른 채 혼자 서 있던 왕벚나무도 영락없이 물들었다. 이 계절은 모두 어디로 떠나나, 또 어디로 갔다가 되돌아오나.

늦가을이었다. 손끝이 시렸고 손끝이 붉게 물들었다. 바람이 나무의 손끝을 비벼대자 한 해를 실컷 맛본 잎새들은 뚝뚝 제 몸을 떨구고 있었다.

가을

벤치에 앉아 오늘도 바라보는 것이다.
가을이 제 몸을 열어 가을을 흘리는 장면을.
나는 바닥에 흩뿌려진 그것을 서둘러 책갈피 속에
꽂아두며 생각했다. 이상한 일이야.
정말 이상한 마음이 들어.
나는 그것을 명명할 단어를 찾지는 못했지만.

오후의 볕, 아래 낙엽은 나를 스치며 눕는다.
언제까지 떨어지기만 할 거냐고 물어볼 데가 없고
여기 내 몫으로 남은 채, 가을이 정말 가고 있었다.

그렇게 일부를 주고 떠나가는 것들을 바라본다.
때로는 그것을 정의할 수 없어 계절 탓이라 말하겠지만.
나는 안다. 가을은 모두에게 속내를 털어놓고 있다는 사
실. 이 이상한 계절을 살아야 한다는 사실도.
이제 내가 주운 책갈피마다 무언가 가득 피어날 것이라는
예감도. 그것을 또다시 적게 될 것이라는 확신도.

가을은 바라보는 것마다 선물처럼 남기고 간다.
온 마음으로 보는 사람만 가질 수 있는 선물.
온통 가을이 남기고 간 이야기들뿐이다.

갈대처럼

숲에 앉아 온갖 것들을 다 열어두고 있으면 나는 내가 모르는 나무가 되기도 하고, 바람이 되기도 하고, 꽃이 되기도 한다. 그들 따라 가만가만 흔들리고 있으면 세상 다 고요하다. 내가 자주 가는 숲속에는 갈대 군락지가 있다. 나의 스승인 그들에게 바른 자세로 명상하는 방법을 배우러 매일 그곳에 간다. 고개를 가만히 흔드는 그들의 표정을 읽지 못했지만, 다가가면 나를 반기는 손짓임이 분명하다.

웅크린 힘, 경직된 힘, 의지란 의지는 다 내려놓고 나서 바람과 시간의 결에 제 몸을 완전히 맡겨버린다. 그렇게 등 뒤에 조용히 앉아 따라 숨 쉬면 나도 서서히 흔들린다. 갈대처럼,
가만히, 가만히.

예술가들

여태껏 많은 작품을 만났지만 나를 움직이는 예술가는 본 적이 없다. 그런 예술가가 있다면 이른 봄 새벽 운무를 가르며 삽을 들고 큰 그림을 구상하는 농부일 것이다. 정오의 뙤약볕 아래, 땀에 젖도록 밭고랑을 만들며 길을 내고 모종을 심는 그들일 것이다. 그 푸른 생명의 몸들이 어떤 정원을 만들어낼지, 토담 위에 앉아 먼 상상을 하는, 그윽하게 바라보며 다음의 계절을 인내하는 농부들. 세상에 그보다 아름다운 사람들도 작품도 본 적 없다.

온몸으로 계절을 작업한다. 그들은 자연을 통째로 재료로 사용한다. 그들의 재주 좋은 손길과 정성으로 탐스러운 한 과실이 여문다. 밀실에서 쪽창만 한 화폭에 인공 안료를 뿌려 그린 형형색색의 그림을 그리는 화가들보다 더 전위적이고 역동감 넘친다.

컴컴한 책상에 앉아 문장 따위를 나열하는 일보다, 지면을 보고 골몰히 글을 한 줄 쓰는 일보다, 고뇌하는 일보다, 하나의 나무를 심는 행동이 더 생명력 있음은 명백하다. 책장 속에서 계절을 읽는 것보다 이른 봄 장터에 달려가 모종을 화분에 옮겨 심고 물을 주는 그 마음이 더 진실성에 가깝다.

예술은 가치를 추구하는 것보다
가장 낮은 삶의 바닥을 짚고 살아보는 것이다.

인간의 지적 욕구를 충족시키는 것이 아니라
침묵과 함께 교화하는 것이다.
판단하는 것이 아니라 동화되는 것이다.

삶 위에 삶 말고 다른 것을 놓을 수 없다.
모든 것 우위에 삶이 있다.

그런 마음

꽃들은 비를 맞으면 어떤 느낌일까, 따가울까, 시원할까, 아플까 염려되어 밤에는 손으로 비를 막아줄까 하는 마음으로 글을 쓴다. 간혹 꽃 따위를 썼다고 하는 이들도 종종 있다.
그러나 그 마음을 아는 사람이면 세상 모든 마음을 얻는 사람이라 믿는다. 그리고 그런 마음도 있다고 믿는다.

새의 마지막 발자국이 찍힌 모래톱을 오래 바라보는 마음 같은 것, 갓 태어난 꽃들에 우산을 씌워주는 연민 같은 것, 꽃향기를 따라 계속 걸어보는 것, 땅에 등을 맞대고 누워 밤하늘의 유성우를 기다려보는 마음, 그것도 아니면 햇살이 내려앉은 대지 위에 발목을 드러낸 채 풀밭에 맨발을 가지런히 올려보는 마음, 겨울 산새들을 위해 나무의 열매를 남겨놓는 마음, 그런 인간의 마음이 있다고 믿는다.
설사 없다고 하더라도 내가 그런 마음이 되면 된다고 생각한다.

인간은 사물의 빈 여백 사이로도 사유하고 연민하는 능력을 지녔으니 마음은 이렇듯 어디에도 보이지 않지만, 어디에도 있다. 있다, 바닥보다 더 낮은 바닥과 하늘보다 더 높은 하늘이, 눈보다 더 깊은 눈, 얼굴보다도 더 내밀한 얼굴이.

눈의 눈을 열고 귀의 귀를 열지 않으면 지금 머리 위에서 지저귀는 새의 울음을 듣지 못할 확률이 높다. 벤치에 앉아 깊은 정념에 빠져 눈앞의 밝은 세계를 자꾸만 놓칠 때, 우리의 내면은 시력을 잃어간다.

생각의 습관은 나를 내가 원치 않는 음습한 장소로 데려갈 때가 많다. 때로는 눈앞의 현상을 사념 없이 투과시킬 필요가 있다. 그러니까 생각을 비우기, 지금 까치가 내 주위를 배회하다 막 눈이 마주쳤다. 곧 함께 날아갈 것이다.

구름 위에 내려앉은 보름달은 매혹적이다.
내가 등지고 걸어도 단 한 번도 뒤돌아보지 않는다.
사라지는 순간까지 환한 그 얼굴을 보이며 빛으로 말을 건다.
밤새 환한 고백이 잠들지도 않는다.
서로가 서로에게 아낌없이 온정을 다하는, 아름다운 밤.
아직 죽지 않고 살아 있기를 잘했다 싶은 밤.

사라지는, 살아지는

바람이 불고 물결이 일었다. 물의 표면에 눈부신 것들이 산란하며 부서졌다.
그 장면을 바라보는 나의 눈시울이 수면 아래로 가라앉는다. 저녁노을의 색감처럼 잠시 붉었다. 물도, 바람도, 눈빛도, 태양도 합의한 적 없이, 개별적으로 발생하는 현상들이 하나의 장면을 이루고 나는 그 순간을 지긋이 바라본다.

나에게 무모하도록 아름답게 다가오는 것들은 그렇듯 그 한순간 자신을 다하는 것들이다. 자신을 다하며 조화를 이루어내는 이 현재이다. 하나의 마음이 물결친다. 하나의 순간이 또 하나의 마음에, 두 세계와 몸을 맞댄 채 잠시 천천히 흘러간다. 서서히 동공으로 스며드는 인식의 장들, 정념들.

이제 다시 풍경과 함께 흘려보내려 한다.
다음 장면과 함께 마음도 하나씩 흘려보내려 한다.

어둠이 이곳을 주시한다면
아무리 근사한 그림일지라도 어둠 속에서 있을 뿐이니,
빛의 눈길이 닿지 않으면 보이지 않는 것이니,
당신이 없는 이 문장은 아직 산 것이 아니니니,
부디 당신은 빛이기를 바란다.

혼자만 움켜쥔 작은 세계 너머
누군가 다가온다면 손바닥을 펼치자.
손금과 손금을 이어 길을 내자.
그런 방식으로 삶의 영토를 확장하자.

때로는 사람이 사람을 보지 못할지라도
마음이 마음을 바라볼 때가 있다.
저기 저 멀리 거대한 누군가가 다가옴이 잘 보이는 것이다.
그것으로 족하다.
그 한 명이 전체이므로.

그러나 그 한 명이 설사 다가오지 않더라도 상관없다.
나 자신이 전체이므로.

내가 알고 싶은 것은

나라는 사람은 모든 물성의 결합체이다. 참으로 복합적인 체계를 지녔음에도 우리는 개별적인 구성요소들을 알 길이 없다.

마음이 어디로 가는지, 무엇을 원하는지,
감정이 무엇을 하려 하는지 모르는, 때론 왜 아픈지.
시간이라는 성긴 태엽 속에서
때로는 삐걱거리는 고장 난 시계와 같다.
나는 작동법을 모른 채 무언가로 인해 작동되는 것 같다.
안 아픈 곳이 없는 것은 어쩌면 너무나 당연한 일이다.
주치의와 환자가 뒤바뀐 삶은 고질병이 아닐 수 없다.

내가 알고 싶은 것은 단 한 가지이다.
나라는 사람이 어쩌려는지, 무엇을 하고자 하는지,
어디로 가는지, 내가 나를 키워내기엔 모든 하루가 소모되고 말기에.

어쩌면 무언가 찾아 나서는 삶의 여정만이 정답은 아닐지도 모른다. 어쩌면 나는 나를 찾아가고 나아가는 게 아닌 계속해서 되돌아오는 것인지도 모른다. 시작은 출발이 아니라 되돌아가는 것. 다시 되돌아가는 것. 나는 늘 멀리 나가지 않고 다시 내가 걸어보려 했던 마음가짐에서 다시 시작하고 싶다.

막 태어난 아이의 맑은 시선으로 매 순간 새롭게 할 수 있으면, 바라본다. 평생 그것만 해도 좋겠다.

어쨌든 우리는 믿는 방향으로 나아갈 것이다.
우리를 움직이는 건 믿음밖에 없다.
무엇을 믿을 것인가,
불행인가, 내 자신인가,
따라갈 것인가, 끌고 갈 것인가.

마음은 어딘가에 찾는 것이 아닌 내 안에 있는 그것이다. 실재하는 그것은 찾는 것이 아닌 내 안에 그대로 있는 것이다. 내가 아닌 변하는 마음을 한둘 지워나갈 것. 나는 다 지워내고 남은, 불면 하는 나이다. 내면에서 자신을 발견할 것.

외부적 감각과 시선과 감정의 영향권 안에 있는, 사회적 상관물들, 타자로부터 관념화된 모든 명칭, 규율과 사고로부터 자유로울 것.

세상을 바라보는 우리의 감각은 얼마나 협소할까, 감각의 기억으로 살아간다는 것. 눈앞의 먼지와 창공의 별을 볼 수 없음에도 좁은 시선을 확고히 믿으며 살아간다는 것. 그러나 보이지 않는, 인간이 볼 수 있는 한계 너머에도 삶이 펼쳐져 있다. 어쩌면 인간을 살게 하는 것은 시각적 영향권 안의 세상이 아닌 밖의 세계인 듯하다. 물질적이고 물리적인 감각 너머로 바라보면 더 큰 세상이 놓여 있다.

한낮 발아래 푸새들이나 구석에 몰린 먼지 뭉치,
방의 벽면에 추상화를 완성하는 푸른곰팡이 따위에도,
심장은 뿌리를 내리고 있다. 진흙이나 회반죽 따위에도,
나무와 돌, 유리 같은 것에도 심장이 있다.

나 아닌 사물이 없고, 안 뛰는 풍경이 없다.
나는 가만히 앉아 있을 때조차도 마음은
한 번도 쉰 적이 없다. 그 모두를 산다.

그런 마음

겨울비가 제법 굵다. 처마를 때리는 빗소리를 들으러 창문을 연다. 창밖에는 건너편 상점의 간판 아래로 비가 찬 공기의 기세를 누르고 조금은 중저음의 목소리를 지닌 친구처럼 내린다.

거기 한 사람이 서 있다. 차양 아래에서 우산이 없는 그는 젖은 머리칼을 털고 이마 아래로 손을 올리며 두리번거린다. 비는 그칠 기미가 보이지 않는다. 그는 주머니 속에서 담배 하나를 빼 물고는 잠시 어떠한 생각에 잠긴다. 그러다 바라보고 있는 따가운 시선을 느끼듯 눈빛이 이쪽을 향하자 나는 짐짓 그 눈이 마주칠까 봐 벽면으로 몸을 숨긴다. 낯선 눈을 피하는 마음이, 다시금 모르는 타인을 염려하는 두 개의 마음이 동시에 일었다. 아무것도 배려하지 못한 마음들은 다시 창 안쪽에 와 젖는다.

나는 새벽에 이런 글을 쓰고 있다. 그는 집에 무사히 갔을까, 그는 비에 젖어 감기에 걸리진 않았을까.

우리는 서로를 모르는 창과 창 안팎에서 동질애를 느끼는 사람들, 그것을 연결하는 마음도 있는데 그것을 무어라 부를까, 인간이라고 부를까, 연민이라고 부를까, 인류애라고 불러야 할까.

창밖의 한 세계가 나를 비추고 있었다. 빛의 입사각이 구석구석 방 안을 따사롭게 내려앉고 있었다. 허공 중에는 민들레 홀씨처럼 살아 있는 먼지들이 뿌옇게 부유하고 있었다. 세계 속의 새들은 언제나 아름답게 운다.

나는 그 소리를 주시하고 있다. 한 세계의 반대편에 오늘의 내가 있다. 잠시 시간은 속도를 늦춘다. 평화를 느끼는 세계가 있다. 우리 사이에 반짝이는 섬광, 이제 불투명한 백지에 이 펜을 내려놓고 서로를 맞댄다. 내 마음속에 있는 세계. 그리고 세계 속에 내가 있다.

당신은 지금 슬픔을 느낀다.
아니다 문장을 바꾸어 피었다, 로 고쳐야 한다.
개종하듯이.
이제부턴 그 꽃을 믿어야 한다.
당신이 꽃이고 당신이 신이고 당신이 성지인.

이제부터 검은 늪과 풍요로운 정원,
어디서 살 것인지, 저마다의 믿음에 달려 있다.
내가 타인을 살 수 없고 타인이 나 대신 피울 수 없다.

아무런 이해관계도, 바라는 것도 없이, 내가 밤이를 보살
피고 밤이가 나를 믿는 그 마음처럼, 때로는 내가 나를,
내 의심을 넘어선 마음에 살 수 있다면 좋겠다.
내가 세상 속에서 자주 앓는 까닭은 아직도 내가 내 마음
안에 갇혀 있는 연유이다. 가끔은
이만큼이나 살았는데도 아직 이것밖에 못 살았다.

꽃은 한파 속에서 아무리 보채도 피어나지 않는다.
때 되면 자연스레 개화한다.
기다리지 말 것. 조급해하지 말 것.
제대로 된 수렴을 거쳐야 하니
피어나기 전까진 태양, 물, 바람 실컷 맛볼 것.

잘 먹고 잘 잘 것. 그것만 할 것.
우리가 원하는 그것이 만발하려면.

혼자만의 슬픔을
투쟁하지 말 것이며
투정하지도 말 것이며
그대로 슬픔 속에 앉아 있어라.
피어날 때까지
그리고 일순간 폭죽처럼
활짝 피어나라.

부디 고통으로부터 내 생의 시간을 단축하게 하지 않기를.

함께 파멸하기보다는 함께 살아가도록 하기를.

나의 문장들이 나를 대변할 수 있을 것이라는 확신은 없다. 누군가는 이 글을 보며 나를 추상할 것이고, 누군가는 나라는 사람을 자신의 세계와 함께 상상해볼 것이다. 수풀에 피어 있는 들풀들은 그 존재 자체로 자신을 드러낸다. 그러나 그것은 들풀을 어떻게 묘사할지, 바라봐주는 자의 마음이 완성한다. 그것은 내 세계를 벗어난 타인의 몫이므로, 나는 당신의 세계가 이제 이 문장을 완성해주기를 늘 기다린다.

무엇을 쓸 것인가

나에게 글이란 무엇을 어떻게 쓸 것인지가 중요한 요소가 아니다. 그에 앞서 왜 그것을 말해야 하는가, 에 대한 호소에 가깝다. 잘 썼으면 좋겠다는 바람보다는 반드시 말하고 싶은 마음의 간절함이 더 크게 다가온다. 그것이 어떤 형태가 되더라도 글을 쓰는 것보다 삶을 쓰는 것. 무엇을 쓸까에 대한 고민보다 어떻게 그것을 살아낼까에 대한 고민이 더 간절하게 다가온다.

어떤 작용이 나를 이토록 뒤흔드는지 알 수는 없었지만, 오랫동안 내가 존경한 작가들을 보면, 이제는 조금 알 것 같다. 그들이 쓰는 것은 글이 아니라 살아냄, 이었다는 것을 말이다. 갈수록 글을 쓰고 싶은 마음이 사라진다. 그럼에도 나는 아직 하고 싶은 말이, 해야 할 말이, 너무 많이 있다. 그것을 다양한 형태로 다 표현하고 싶다. 예를 들어 봄이 되면 시장에 나가 모종을 사 심는다거나, 밭을 일구는 과정이라거나, 밤이와 함께 달빛 아래서 잠드는 이야기 같은 것, 백서향 향기를 따라 오래오래 걸어보는 일, 꽃들이 꽃향기에 취하는 목격담 같은 것 말이다. 얼마 전 함박눈이 내리자 우리는 흰 벌판으로 달려가 한참 뒹굴며 놀았는데, 밤이는 눈사람을 보고 짖었고, 나는 그것을 보며 웃었다. 이런 일상보다 간절하고 가치 있는 일은 세상에 없는 것 같다. 앞으로는 그런 것만을 쓰고 싶다는 생각을 한다.

겨울이 혹독할수록 봄에는 꽃이 더 예쁘게 필 것이라 믿는다.
이번에는 어떤 색과 향의 꽃이 필까 가만히 기다려본다.
강추위를 아름다움으로 갈무리하고 싶다.
화사한 봄의 정원에서 꽃으로 만나려면, 우리.
다만 거기서 꽃대 안에서 각자의 시간을 다하기로 하자.

이 아름다운 전경을 혼자 만끽하고 있자니
아름다움도 혼자 보면 무슨 재미일까 싶다.

나의 정원을 바람에 실어 당신에게 보낸다.

안리타

오늘이 마지막인 것처럼 간절히 산다. 보고, 느끼고, 감동하고, 전율하며, 마음을 다해 산다.

독립출판물 『이, 별의 사각지대』 『사라지는, 살아지는』 『구겨진 편지는 고백하지 않는다』 『모든 계절이 유서였다』 『우리가 우리이기 이전에』 『사랑이 사랑이기 이전에』 『리타의 정원』 『잠들지 않는 세계』 등이 있다.

@hollossi

리타의 정원

2020년 6월 5일 1판 1쇄 발행
2024년 12월 5일 1판 5쇄 발행

지 은 이 안리타
발 행 인 이상영
편 집 장 서상민
교정 교열 안덕희
디 자 인 서상민, 이미원
마 케 팅 박진솔
펴 낸 곳 디자인이음
등 록 일 2009년 2월 4일:제300-2009-10호
주　　소 서울시 종로구 효자동 62
전　　화 02-723-2556
메　　일 designeum11@gmail.com
blog.naver.com/designeum
instagram.com/design_eum

*잘못된 책은 바꾸어드립니다.